突撃！ 隣りの団地妻

桜井真琴

双葉文庫

目次

突撃！ 隣りの団地妻

プロローグ

小学校六年の時だった。

「雄斗ーッ！　いったぞー」

「おう」

団地内の公園で、友人たちとサッカーをしていた堀口雄斗は、何かにつまずいて転び、地べたに顔面を打ちつけた。

「おい、大丈夫か」

「うわっ、血が出てるぞ」

友人ふたりが駆け寄ってきて、雄斗を覗き込んでくる。

目の下が痛くて、口の中で血の味がする。

ざわざわとまわりに心配されると、余計に不安が増してくる。

雄斗は公園でしゃがんだまま、じんわりと涙をにじませる。もともと泣き虫な性格で、打たれ弱いし、ガマンできないタチなのだ。

（ど、どうしよう……なんか痛い）

心配ばかりが押し寄せてきて、泣きそうになっている時だった。

「どうしたの？　雄くん。あらあら、転んだのね」

涙のにじむ目で見あげると、知り合いの女性が心配そうに見つめていた。白いブラウスに膝丈のフレアスカートが、清楚な女性によく似合っている。

「美那子おばさん……」

雄斗は美人で可愛らしい美那子を見て、痛みに堪えながらも、胸をときめかせる。

岡田美那子は母親の友達で、同じ団地の別の棟に住む人妻である。

おばさん、と呼んではいるものの……。

実際は二十五歳とまだ若い。

重そうな睫毛と大きくて黒目がちな瞳が可愛くて、まるで人形のようだった。

肩にかかるくらいの巻き髪が、小顔な童顔に似合っている。

美那子はしゃがんで、ハンカチで口元の血を拭ってくれた。

「雄くん、男の子でしょ。これくらいで泣いちゃだめよ」

いつも「ちゃんと勉強してる？」とか「お母さんの手伝いしてる？」と会えば

口うるさく言ってくるのだが、それでもいやじゃないのは、ひとえに美那子がキレイだからだ。

今考えると、初恋だったのかもしれない。

その時はまだよくわからなかったけど、大人の女性らしい濃厚な甘い匂いをずっと嗅いでいたかったたし、あわよくば、ギュッとされたり、チューというものをして欲しいと思っていたから、間違いなく「好き」だったのだろう。

（キレイだなあ。美那子おばさん……あっ！）

ハンカチで拭いてもらいながら、顔の近さに照れて下を向いた時だ。

しゃがんでいる美那子の脚がわずかに開いていて、フレアスカートの奥が目に飛び込んできたのだ。

（白い下着っ……美那子おばさんのパンツが見えたっ！　……母さんのとは全然違う。すごいっ）

可愛らしい団地妻のデルタゾーンが、はっきりと見えた。

その時はパンティなんて単語はわからなかったけど、女性の下着に興味があった時期で、キレイな人妻の下着を直に見てしまい、もう頭がおかしくなりそうだった。

（な、なんかエッチだ）

同級生の女子のパンツを見ても、ここまで興奮しなかった。

ストッキングを穿(は)いていない人妻のナマ太ももを見ただけで、やたら興奮してしまうというのに、まさか下着まで見えるなんて……。

顔を赤くしながら、雄斗はチラチラ下を見る。

美那子の太ももの付け根に、真っ白い布がしっかりと食い込んでいた。

女性ものの下着はレースが施(ほどこ)され、わずかに透(す)け感もある。小六男子には刺激的すぎるいやらしい下着だった。

（あれ？　真ん中がわずかに窪(くぼ)んで……）

股布(またぬの)にわずかにスジが浮いていた。

（お、女の人って、チンチンないんだよな……やばッ、エッチなこと考えると、チンチンが硬くなる）

少年の股間がムズムズしはじめる。このところ、ずっとそうだった。

大きくしたのを見られたくなくて、慌てて雄斗は短パンの前を手で隠す。

その時だった。

美那子がハッとしたような顔をして、スカートの膝を閉じた。

（や、やばっ……バレた……）

そっと美那子の顔を見ると、くりっとした目が睨んでいて、慌てて目をそらす。

（どうしよう、僕がエッチな子だってバレる……）

怒られると思った。

だが美那子は予想に反してウフフと笑い、上目遣いに見つめてきた。

子ども心に、ドキッとするほど艶めかしかった。

「おい、雄斗。顔赤いけど、大丈夫か？」

後ろにいた友人たちが、心配そうに覗き込んできた。

美那子はふたりに、

「大丈夫よ。口の中切っただけだし、目の下もちょっとした擦り傷だから。キミたち、先に行って遊んでなさい」

そう言うと、友人ふたりはホッとしたようにサッカーボールを持って駆けていく。

「ねえ、雄くん」

美那子がしゃがんだまま、耳元に唇を近づけてきた。

「……おちんちんに、毛って生えてきた？」

「え⁉」

カアッと身体が熱くなった。

というのも、その時、睾丸袋にもじゃもじゃしたものが生えてきて、友人にはそんなものないから、いやだなあと思っていたのだ。

「ねえ、どうかしら」

訊かれて返答に困るも、雄斗は正直に小さく頷(うなず)いた。

「す、少しだけ……」

告白すると、美那子はニコッと笑った。

「そう。そのおちんちんの毛ね、気にしなくてもいいのよ。男の子が成長してる証(あかし)なんだから、恥ずかしがらなくていいの」

言われてホッとした。

早すぎるんではないかと思っていたが、誰にも相談できなかったからだ。

「なんで訊いたかっていうとね……」

美那子はさらに小声になった。

「……雄くん、女の人の下着とか、女の人の身体とかにすごく興味があるんでしょう？　それもしょうがないと思うけど……あんまりスカートの中とか、じっと見てるのはいけないことよ」

心臓が止まりそうだった。

全部見透かされていたのかと思うと、恥ずかしくてたまらなかった。

「ご、ごめんなさいっ。美那子おばさんのパンツ、いっぱい覗いちゃって……」

謝ると、美那子は頭を撫でてくれた。

「気になる年頃だもんね。でも、おばさんのパンティなんか見ても何も楽しくないでしょ？　もっと若い子の方が……」

美那子が見つめてきた。

カアッと顔が熱くなるのを感じる。

（パ、パ、パンティ……？　大人の女の人のパンツって、そんな風に言うんだ）

初めて聞いた単語だ。

なのに、すごくいやらしい響きだった。

「といっても、同級生の女の子のスカートをめくるとか、そういうんじゃないのよ。なんていうか……うーん、健全に女の子とお話ししたりするのが、いいんじゃないかしら。女の子のことで知りたいことあったら、何でもおばさんに訊きにきていいわよ」

そう言って、雄斗の口元の血を拭ったハンカチを、美那子はブラウスの胸ポケットにしまう。

なんだか急に、美那子のブラウスの胸のふくらみが気になった。

大きくて、すごくエッチな気がする。

透けて見えているのは、ブラジャーというおっぱいを隠すものだろう。母親の下着を見ても何とも思わないのに、なぜか美那子のブラは異常に気になった。

「雄くん、おっぱいもだめよ」

美那子は胸を隠しつつ、ウフフと笑い、チュッと頬にキスしてきた。

「泣き虫じゃない雄斗くんが好きだから、泣きやんで」

そんな風に言われて、ほわあっと、心が温かくなる。

雄斗はその時に決意したのだ。

泣き虫を卒業して、強くなろうと……。

彼女が去ったあとも、しばらくチンチンが張って痛かった。

その日の夜だった。

リビングで、いつものバラエティ番組を見ていたのだが、なんとなくそのあとの番組も見てしまった。

二時間もののサスペンスドラマで、番組タイトルの中に「団地妻」というワードが入っていた。

(団地妻か……美那子おばさんも、団地妻だよなあ)

そんなことを思っていると、キレイな女優さんが、男の人にギュッと抱きつかれているシーンが映った。

『奥さん、いいでしょう?』

『やめてくださいっ、私には主人が……』

男が無理矢理、女優の唇を奪い、そして服を脱がせていく。

(な、なんだ?)

もしかして、これがセックスというやつか?

友人が教えてくれた、エッチな行為。見ているだけで股間が硬くなり、先っぽがムズムズしてくる。

(なんか、やばいよ、チンチンがおかしいっ……)

自分の手で股間を触ってみると、それだけであまりに気持ちよくて、漏らしそうになってしまう。

自分の身体に異変が起こっている。
そんな心配をしていると、母親がやってきて慌ててテレビを消し、
「もう寝なさいっ」
と怒られた。
その夜はなかなか寝つけなかった。
目を閉じると、美那子おばさんの白いパンティが思い出されるからである。
(うう、またチンチンが硬くなってきた)
悶々(もんもん)としたまま、いつしかウトウトし……。
そして次の日の朝。
雄斗は、初めての夢精(むせい)というものを経験したのだった。

第一章　団地妻の筆下ろし

1

バブル期に建てられた下町のマンモス団地は、全棟がクリーム色の分厚いコンクリート壁で、昭和の名残りをとどめていた。

その日の夕方。

どこからか、ふわっとカレーの匂いが漂ってくる。

主婦たちは買い物をすませ、学校から帰ってきた子どもたちは団地内の公園を走りまわっている。

いつもの団地の風景である。

生まれてからずっとこの団地に住む雄斗は、そんないつものののんびりした光景にほっこりした。

（そういえば、ウチも今日はカレーって言ってたな）

雄斗は大きな発泡スチロールの箱を持って、配達先に急いでいた。十棟もある巨大な団地だから、一号棟の一階にある八百屋から十号棟に移動するだけで大変である。

そんな時である。

「あたっ」

滑り台から飛び出してきた男の子が、雄斗の脚にぶつかって尻餅をついた。見れば三号棟に住む男の子だ。

「ありゃ。良太か。大丈夫か?」

雄斗は箱を置いて手を差し出すと、男の子はその手を払って、脛を蹴ってきた。

「あっつ!」

雄斗は転びそうになるのを踏ん張った。

「でかいんだよ、雄斗にいちゃん。おい、いこうぜ」

男の子たちはみなで「わーっ」と一斉に駆け出していく。信号を渡った先に大きな公園があるから、そこに向かうのだろう。

(まったく、あいつ。生意気になったよな)

団地内で良太をよく見かけるが、話したのは久しぶりだ。

小さい頃はよく遊んでやったのに、当時のあどけなさはもうなくなってしまったようだ。

（しかし変わんないよなあ、ここは。子どもの時から）

老朽化した団地の建物はリフォームされているが、造形は昔のままだ。

窓のサッシやベランダの格子も、鉄製の玄関ドアも昔のままで、昭和レトロな懐かしい佇まいだ。

しかもだ。

バブル期にできた当初からずっと住んでいる住民が多い。

だから、今だ近所づき合いも盛んな、珍しい団地なのである。

駅に近く、敷地内に商店や学童保育所があって環境がいい。

雄斗の家も二十年前から八百屋を営んでおり、最近は大手のスーパーやネットの通販におされて配達サービスを始めた。

その配達係が、雄斗である。

雄斗は元柔道選手で、大手の警備会社に柔道で就職したほど将来を期待された選手だった。

順風満帆に思えたが、稽古中に選手生命を脅かす怪我を負ってしまい、生活は一変した。

柔道で入った会社なので、試合に出られなくなったら退社するしかない。

心にぽっかりと穴が開いてしまった。

再就職にも意欲が湧かず、ニートぎみになっていたところに、父親が「うちの店も配達サービスをやるぞ」と言い出して、無理矢理に配達員にされたのだった。


夕暮れの空を見あげて、雄斗は少し歩を速めた。

配達は四時までにと言われていた。

メモ用紙を取り出し、もう一度確かめる。

(ええっと、十号棟の四〇四号室か。美那子おばさんに会うの、久しぶりだなあ)

母親の知り合いだから、小学生の時はよく遊びに行っていた家である。あの頃のおばさんは、ずいぶんキレイだったのを覚えている。

(……おばさんのスカートの中を覗いて、怒られたことあったもんなあ)

朧気な記憶だが、そこから異性への興味が加速した気がする。

年上好きになったのも、団地妻という言葉にいやらしさを感じるようになったのも美那子の影響が大きい。

ようやく十号棟の前に着いた。

エレベーターで四階にあがり、四〇四号室のインターフォンを押す。

『はーい』

懐かしい声で返事があった。

「堀口青果店です。野菜を届けに来ました」

『ああ、はいはい。待っててね』

インターフォンが切れた。

雄斗は両手で箱を持ち直す。

(久しぶりだな。おばさんと話すのって、十三年ぶりくらいかな)

やはりスカートの中を覗いて注意されたというのは、思春期の男子としてはとてつもなく恥ずかしいことだったのだ。

今では、遠くの方に見かけても「おばさんかな？」と思う程度の記憶になってしまっていた。

ガチャッという音がして、分厚い鉄製のドアが開いた。

「こんにちはぁ、堀口青果店です」

と、挨拶して美那子を見た瞬間、雄斗は「えっ!?」と心の中がざわついた。

美那子はうれしそうに相好を崩し、

「雄くんっ。久しぶりね。たまに見かけるから、大きくなったなあって思ってたけど」

「え、あ、は、はい……あの、この箱どうしましょうか。中に運びます?」

「いい? お願いするわ。どうぞ」

玄関に入る。

雄斗は笑顔をつくろうにも、うまく笑えなかった。

心臓もバクバクと音を立てている。

と、いうのもだ。

久しぶりに会った美那子が、想像とはまったく違って、今でも十分に美人だったからである。

(おばさん……四十近いはずなのに、まだこんなにキレイだったんだ)

油断していた。

雄斗が小学六年生の時、二十五歳の若妻は可愛らしくて、初恋にも似た甘酸っぱい気持ちを抱いていた。

だけど、それからもう十三年も経っている。

子どもも生まれたと聞いていたので、失礼ながら、アラフォーの所帯じみたおばさんなんだろうなと、勝手に思っていたのである。

それがどうだ。

今でも変わらず美人のままだ。

(美那子おばさん、今は、えーと……三十八歳か。いや、全然そんな年齢に見えないぞ。まさに美熟女ってやつだ)

当然、緊張した。

顔が熱い。

美那子はそんな雄斗の変化など気にもせず、玄関に置いてあった段ボール箱をどかして、うれしそうに指示をしてくる。

「ここに置いてもらえるかしら」

「は、はい」

言われて、雄斗は玄関の三和土に発泡スチロールの箱を置く。

美那子にニコッと微笑まれて、さらに血液が沸騰した。

彼女は野菜の入っている箱を見てから、

「ええと、堀口さんのところって、どういうシステムなのかしら？　初めてだからわからないのよね。お金を払うだけ？」

と、こちらに目を向けてきた。

大きくて黒目がちな瞳は、若い時のままだった。

ふわっとしたセミロングヘアも、美貌によく似合っている。

ぼうっと美那子を見ていた雄斗は、ドキッとして目をそらす。

「あっ、あの……中身を確認してもらって、ご注文通りなら、現金でいただければと」

「確認すればいいのね。了解っ。ウフフ、しかし、あの雄くんがねえ」

美那子が柔和な笑みを見せてきた。

笑うと目尻が下がって、えくぼができるのが可愛らしい。

小さめな鼻も小ぶりな唇も、愛嬌を感じさせる。

それに加えてだ。

「ありがと」

（おばさん、こんなにスタイルよかったっけ……？）

小柄で全体的に細い。だが、白いブラウスの胸元は、豊かなふくらみを見せていた。

かなりのグラマーで、雄斗は息を呑んだ。

（で、でかいな……ブラウスのボタンとボタンの隙間からおっぱいが見えちゃいそうだ）

セミロングの黒髪で、化粧気もほとんどない。

着ているのも白いブラウスと、グレーのフレアスカートというシンプルなものなので、華やかさはまるでない。

しかし、年相応の濃厚な色香をムンムンと漂わせていた。

地味でキレイな団地妻なんて、エロすぎじゃないか！

と、見ていた時だ。

美那子はしゃがんで、箱の中の野菜の数を確認しているから、雄斗は上から見下ろすようになってしまう。

ブラウスのボタンが二つ目まで外れていたから、白い乳房の谷間が見えた。

（うおおっ、谷間っ……って、え？　待てよ、ちょっと待てよ……）

雄斗は中腰になり、そっと顔を近づける。

ブラウスの襟元からは、谷間どころかおっぱいの半分くらいが見えていた。目をこらすと、淡い色の乳輪もわずかに見える。

（こ、これ……ノ、ノーブラだっ。おばさん、ブラウスの下にインナーもブラジャーもつけてないんだ）

興奮した。

二十五歳で童貞の雄斗には、刺激が強すぎる。

（おばさんのおっぱい、柔らかそう……）

身近な人が油断して見せるチラリズムは、いやらしすぎる。

（でも、どうして下着をつけてないんだろ）

ふと考えたが、おそらく自分はもうおばさんだから、男の視線を集めることなどないと油断しているのだろう。

そんなことはない。

十分に現役だと思った。

いや現役どころか、雄斗の好みのツボをピンポイントで突いてくる。

美那子は見られていることにまったく気づかない様子で、ずっと白い胸元を露わにしていた。

「ねえ。雄くん。茄子が一本足りないみたいだけど……」

美那子がふいに顔をあげた。

（やばっ）

雄斗は慌てて視線を野菜にやる。

だが、遅かったようで、美那子はハッとした顔になり、ブラウスの前を左手で隠した。

（しまった。おっぱいを覗いてたの、バレたよな）

怒られると思った。

遠い記憶が甦る。

女性の身体に興味津々の思春期とはいえ、美那子のスカートの中をじっと覗いてしまったこと。さらに、それを本人に見つかってしまったこと。

今思い出しても恥ずかしい記憶だ。

それをまた、大人になっても繰り返してしまうなんて……。

咎められると思った。

今度こそ本気で怒られると覚悟した。

しかしだ。

美那子は何事もなかったかのように、もう一度野菜を数えて、

「あれ？　私の勘違いだったわ。全部あったみたい」

と、ニコッと微笑んできたのである。

ホッと胸を撫で下ろす。

「よ、よかったです。じゃあ千八百円になります。あ、端数はおまけしろって、母親から言われてるんで」

「あら悪いわよ。それじゃあ、せっかくだからお茶でも飲んでいく？　もらった美味しいお茶があるのよ。それとも、まだ配達があるのかしら」

「いや、今日はこれで終わりですけど、でも」

「だったらいいじゃないの。私も学童に娘を預けていて、迎えに行くまで少し時間があるから」

「うーん、でも……」

と遠慮するも、美那子の色っぽさに当てられて、最終的には玄関をあがってしまうのだった。

2

二ＬＤＫの部屋は、実家と同じ間取りだった。

（小さな子がいるのに、キレイにしてるな……あっ……）

ベランダに洗濯物が干してあるのが見えた。中に、ベージュに純白のパンティやブラジャーもある。パンティは股繰り（またぐり）が深いおばさんパンティだ。

干された熟女下着が、いやらしすぎた。

なぜかふたりきりというのを、強く意識してしまう。

「雄くんが小さかった頃、香住（かすみ）さんに連れられてよく来たわよね」

リビングのソファに座っていると、美那子がお盆にカップをふたつ載せて戻ってきた。

ちなみに香住というのは、母親の名前である。

「そ、そうですね。久しぶりだなあ」

ぐるっと見まわすフリをして、改めて美那子を見る。

彼女は空のカップをふたつ置くと、もう一度キッチンに戻っていく。

後ろ姿がなんともエロかった。

肩から腰のくびれにかけてのラインが、ほっそりしている。

だが、フレアスカート越しの双尻は、生地を破かんばかりの迫力だ。

歩くたびに、むちっ、むちっ、と揺れ動く尻の丸みが、震いつきたくなるほど肉感的で、悩ましく浮かぶパンティラインも生唾ものだった。

(すごいお尻……腰は細いのに、そこから横に広がって……)

うっとりしていると、美那子が英語で書かれた見慣れない袋を持ってきた。

「これね。海外のお土産なのよ。美味しい珈琲なんだけど、雄くんは珈琲、大丈夫かしら」

「あ、はい。大丈夫です」

ドリップ式のもので、開けた瞬間から、ふわっと珈琲の芳香が鼻腔をくすぐってくる。お湯を入れて抽出した黒い液体を前に出される。

「いただきます」

カップに口をつけてみると、飲んだことのないまろやかなフルーティさが口の中に広がった。実のところ、珈琲の酸味が苦手だったのだが、この口当たりのよさだったら、美味しくいただける。

「飲みやすいです。ちょっと甘さもあるし」

「よかった。毎日珈琲を飲むような人には敬遠されるらしいんだけど、私はそんなに飲まないから、大好きで」

「僕も好きです。すごく美味しい」

「ウフフッ。雄くんが珈琲を美味しいって言うなんてねえ。ほら、ここにライトローストって書いてあるでしょう？　これがね……」

と、珈琲の袋に書いているものを説明しながら、美那子はソファの隣に座った。

（えっ、お、おばさんっ）

ぴたりと左側に身体を寄せられて、雄斗は身体を強張らせる。

チラリと見れば、白いブラウスのボタンの隙間から、豊かなふくらみが見えてしまっていた。

（お、おっぱいが大きすぎて、ボタンとボタンの間が開いて、隙間ができちゃうんだ。ノーブラの胸チラだっ）

刺激的すぎた。

大人の女の色気がムンムンと匂い立つ三十八歳。

おっぱいもお尻も、熟女らしくやけに大きくて、成熟した腰つきも丸みを帯びてなんとも悩ましい。

いいお母さん的な優しげな雰囲気なのに、身体つきがやけにエロい。そのギャップがたまらなかった。

(団地妻……)

子どもの頃に見たドラマが思い出される。

美那子の憂いを帯びた表情や、どこか気だるい感じが、男に抱かれるのを待っているみたいで、色っぽくてたまらない。

(美那子おばさん……)

こんなムチムチした身体を押しつけてくるなんて、もしかして美那子は欲求不満なんじゃないかと勘ぐってしまう。

「あら、やっぱりあんまり好みじゃなかったかしら?」

説明をやめて、美那子が訊いてきた。

珈琲を飲むのを忘れていたのだ。

「いや、そんなこと……」

妄想をやめ、美那子の方を向いた時だった。

熟女の美貌が眼前にあって、思わず目をそらしてしまう。

（ち、近いっ……口と口が、くっつきそうだったぞ……）

こんな間近で、女性の顔を見たことなんかなかった。

セミロングの艶々した髪からリンスの香りが漂い、きめ細やかでつるっとした肌は、シミとは無縁に思える。

ほぼノーメイクでも、大きな目や形のいい鼻梁がくっきりとしていて、それでいて男心をくすぐる物憂げな表情を見せている。

抱きしめたくなるのも、当然だろう。

だが、配達先の家で知り合いの団地妻に抱きついたなんて噂が立ったら、それこそ洒落にならない。

「い、いただきます」

少し冷めた珈琲をすすりつつ、美那子を見る。

美那子はウフフと笑い、同じようにカップに唇をつける。

（ああ、柔らかそうだ……おばさんとキスしてみたい……）

恥ずかしいが、雄斗はキスもまだだった。風俗に行って童貞を捨てたいと思っていても、勇気が出なかった。

そして目線を下げれば、揺れる胸のふくらみだ。

記憶にある十三年前より、美那子の乳房は大きくなったような気がしてならない。

出産し、母乳で子どもを育てたのだろうか。

だからバストが大きくなったのかも……。

(当たり前だけど、こんな優しそうなママが、ＡＶの女優さんみたいに、あん、あん、って感じた声を出して……。美那子おばさん、エッチの時はどんな表情をするんだろう)

盗み見ていると、ふいに美那子がこちらを向いた。

「それにしても、あの泣き虫だった雄くんが柔道の選手なんてねえ……」

不思議そうな顔をしている。

そうか、美那子の中ではまだ泣き虫のままなんだと、懐かしく思った。

「昔、美那子おばさんに言われて……それから鍛えたんです」

「私？ そんなこと言ったかしら……」

覚えてないようだ。まあ無理もないと思った。もう十三年も前のことなのだから。

「香住さん、自慢げに言ってたわよ。スポーツ推薦で大学にも行けたし、大きな会社にも入れたって。ホント、怪我が残念だったわね」

いろいろ知ってるんだなと、雄斗は意外に思った。

「そうですね。でもまあ、稽古中の怪我なんで、しょうがなかったし……まあ鍛えていたおかげで、配達には向いてるかなあって」

「ウフフ。そうね、親孝行できていいかも。でも、転んだだけで目にいっぱい涙ためてたあの子がねぇ」

言われてギクッとした。

あの時、スカートの中を覗いたことを、美那子が覚えているかもしれないと思ったからだった。

「あ、あの時は……泣きそうでしたね」

「ウフフ。そうだったわね。でも今は身体つきも男らしくなって」

「えっ……あ……」

美那子がシャツの上から胸板を撫でてきたので、雄斗はビクッとした。

「あ、あの……おばさんっ……」

雄斗は慌てて言った。

「ん？　どうしたの？」

美那子が見あげてきて、ニコッとする。

（お、おっぱいが……当たってるって……）

ソファに並んで座り、美那子はほとんど抱きつくような感じになっていたから、左腕にムニュッと、ノーブラのおっぱいが押しつけられていた。

しかもだ。

スカートも持ちあがって、ムッチリした太ももが見えている。

「ウフフ。すごいのね。ホントに硬いわ」

美那子の手が、シャツの上から胸元や鳩尾（みぞおち）を這（は）いまわる。おっぱいを押しつけたまま、薄いブラウス越しに乳首らしき感触まで伝えてきていた。

（ヤ、ヤバい……）

腰のあたりがムズムズする。

もうはるか前のことだが、美那子のスカートの中を覗いた時の、純白のパンティの色やクロッチの窪みなどが頭に浮かんできた。

その記憶が、童貞を追いつめて陰茎を昂（たか）ぶらせる。

まずいと思って股間を隠そうと思ったが、

「あら？」

先に美那子が、視線を雄斗の腰に向けていた。

自分でも見る。

ズボンがくっきりと、欲情のテントを描いてしまっている。

（ああ、まずいよ……）

見られているのに勃起はおさまらず、むしろ痛みが走るほどガチガチに硬くなっていく。

美那子の眉間に険しいシワが浮かぶのを見て、雄斗は顔を強張らせた。

「あ、いや……あのっ、これは……」

「雄くん、おばさんで、興奮しちゃったの？」

見あげてくる瞳がうるうると潤んでいた。優しい双眸は息を呑むほどに色っぽく、目の下もねっとり朱に染まっている。

「うう、その……あ、あのですね。その……おばさんのおっぱい……当たってるし、ちょっと見えちゃってたし、だから……」

正直に言うと、美那子は頬を赤く染めて恥じらった。

「さっき雄くんが私の胸元を覗いてたの、間違いだろうって思ってたわ。わたしがもっと若かったら、興味あったかもしれないけど……ウフ。でも思い出した。

あの時、雄くん、私のスカートの中、覗いてたわね」

美那子が真っ直ぐ見つめてきた。

クラクラするほどの愛らしさに、心臓がどくんどくんと脈を打つ。

「ウフフッ」

すっと耳元に顔を寄せられた。小さくささやかれる。

「私のスカートの中を見て興奮したのよね？　まだ覚えてるわ。雄くん、お顔を真っ赤にしてたわね」

「そ、それは……あの、お、女の人のパンティ、見ちゃったの、初めてだったから、なんかわけもわからず、あの時はチ、チンチンが硬くなっちゃって」

「今みたいに？」

美那子はソファに座ったまま、左手でズボンの上からいきり勃つものをキュッとつかんできた。

3

「うぐっ……！」

勃起を美那子に強くつかまれて、雄斗は思わず腰を引いた。

快楽の電流が背筋を走り、ペニスの芯がジーンと疼く。

「あんっ……なんて硬いの。ねえ、こんなに大きくなったら、なかなか元に戻せないんでしょう？」

「い、いや……それは……」

戸惑っていると、美那子は雄斗のズボンに手をかけて、ファスナーをチーッと下ろしてベルトを外そうとしてくる。

「な、なっ……おばさんっ、何を……？」

震えながら訊くと、美那子は憂いを帯びた眼差しで淫靡に微笑んだ。

「だって。大きなままだと雄くんが困るでしょ？　私、五時に娘を迎えに行くんだけど、まだ少しなら時間があるわ」

ベルトを外し終えると、ソファに座った雄斗のズボンをつかみ、脱がそうとしてくる。

「えっ、あっ……」

戸惑いつつも腰を浮かすと、美那子の手が、ズボンとブリーフを一緒くたにして、ずるっと下げてくる。

勃起が、バネみたいにビンッとそそり勃つ。

いきなりペニスを丸出しにされて、雄斗は狼狽えた。

美那子ははにかむ。

「当たり前だけど大人のおちんちんよね、ああんっ、雄くん、すごいのね。おばさん相手にこんなに興奮してくれたなんて……」

美那子がじっと勃起を眺めてくる。

（も、もしかして、あ、相手って……ああ、美那子おばさんが、僕にエッチなことをしてくれるんじゃ……）

頭がパニックになっていた。

夢精したくらいだから、あの時の美那子のパンチラは人生の宝物だった。

初めてオナニーを覚えた時も、しばらくは美那子の裸を想像したり、無理矢理に襲ったり……いろんな妄想で犯し抜いた。

あの時の美貌もスタイルも……十三年経っても変わらない。

今、そのおばさんに、筆下ろしをしてもらおうとしている。興奮しないわけにはいかなかった。

「……い、いいんですか？」

雄斗は信じられない思いで、美那子を見る。

彼女は瞼を落とした、色っぽい表情で見つめ返してきた。

「おばさんのことが、いやじゃなければ、いいわ。雄くんの彼女には、ウフフ、申し訳ないかしらね」

「い、いいに決まってます。それに僕、彼女なんか、というよりも、あの、その……女の人とは、まだなんで」

恥ずかしい台詞を告白すると、美那子が目を細めてきた。

「……そうなの？　その……じゃあ、手でされるのも？」

「手？　あ、ああ……それもまだ……」

正直に言うと、美那子がいっそう慈愛を込めた目で見あげてくる。

「おばさんが初めてなのね。ウフフ。じゃあこれは、ふたりだけの秘密ね」

可愛らしくウインクしてくると、タレ目がちな双眸を細めて、大きなおっぱいを揺らしながら、美那子が根元を握ってくる。

「くうう、お、おばさん……ああ……」

充血した肉茎を、憧れだったおばさんが握ってくれたという衝撃はあまりに大きかった。

いわば思い出の中の美人が、頭の中から飛び出してきて、自分がして欲しかったことをしてくれるという夢心地の状態だ。

「ああ、そんなっ、汚いのに……」

おしっこや精液の出る自分のモノを、他人が、しかもこんな美熟女が触っていることに猛烈な恥ずかしさを感じた。

だがその羞恥が、興奮を煽るのも確かだった。

「あんっ、びくびくって……私の手でもうれしいのね。よかった。おばさん、汚いなんて思わないわよ、雄くんのおちんちんだったら……」

うれしかった。

(ぼ、僕のチンチンだったら、触ってもいいんだ)

美しい人妻からの好意めいた言葉に、雄斗は優越感を覚える。

美那子はウフッと可愛くはにかみながら、まるで形や大きさを測るように、勃起に指をからませていく。

(ああ、美那子おばさんに……エッチなことしてもらっている……)

心臓が張り裂けそうだった。

全身がドクドクと脈を打ち、冬なのに、カアッと熱く汗ばんでいる。

触ってもらうだけで気持ちいい。

雄斗はソファの背に身体を預け、美那子の愛らしい美貌を見ながら、ハアハアと喘ぎをこぼす。

「もうぬるぬるしてきたわ。ずっとこんなだったの？　いつから？」

「あ、あの……最初からです。おばさんのブラウスのボタンが外れていて、お、おっぱいがチラッと見えて」

恥ずかしいが、隠すことなく素直に言う。

すると、美那子は瞼を半分ほど落とした細い目で見あげながら言う。

「慌ててたから、ブラをしてなかったのよ。まさか私のおっぱいで、雄くんが興奮しちゃうなんて」

ペニスを撫でながら、美那子は続ける。

「雄くんだったら、ノーブラでも別にいいかなって思っちゃったの。どうせおばさんに興味なんかないだろうと思ったから……うれしいわ」

すると、美那子は恥ずかしそうに伏し目がちになり、左手で勃起を握りつつ、右手を自分のブラウスのボタンに持っていく。

（えっ？　えっ……？）

ぷちっ……ぷちっ……目の前で、おばさんの白いブラウスのボタンが外されていき、大きいふくらみと白い肌をさらけ出していく。

「ウフフッ、目が血走ってるわよ。これって、ご褒美になるかしら」

美那子がゆっくりと肩からブラウスを外す。

息がつまりそうなほど巨大な乳房が、たゆんっ、とこぼれるように露わになる。

「ああっ……」

雄斗は口を開いたまま、ふくらみに視線を這わせる。

グラビアに出てくるような巨乳だった。

わずかに垂れてはいるが、それでも下乳がしっかりと丸みを帯びていて、若々しい張りがまだ十分にある。

（おっぱいだ……大人のおっぱいだ……こんな美人なおばさんのおっぱい……な、何カップだろ。Ｆカップとか？　それぐらいありそう……）

小豆色にくすんだ乳輪が年齢を感じさせるものの、若い女性にはないいやらしさがある。

乳輪は大きく、ぷっくり盛りあがっているのがいやらしかった。

中心部の乳首も硬くなっているのが、ひと目でわかった。

「ああ、すごいですっ。大きいっ」

鼻息荒く言うと、美熟女は恥じらい顔を見せる。

「ウフフ。だらしないおっぱいでしょ。恥ずかしいわ。やっぱり大きいと垂れちゃうのよ……あん、だめよ。あんまり見ないでっ」

恥ずかしそうに目の下を赤らめているのが可愛らしい。よく見ると、美那子も汗をかくほど緊張しているのがわかる。

「そんなことない……キレイですっ、おばさんのおっぱい」

「あら、うれしいわ。いいのよ、触って。初めてなんでしょう？」

「え、あ、え……はいっ」

微笑みに導かれるまま、おずおずと震える右手で美那子の乳房をつかんで、ゆっくりと揉んでみた。

(ああ……おっぱいって、こんな触り心地なんだ……柔らかくて、指がぐうっと食い込んでいく)

指の隙間から乳首が押し出されるくらいに、やわやわと揉みしだくと、

「あっ……あっ……ンフッ……んうんっ、どう？」

甘い吐息を漏らした美那子が、とろんとした目で見つめてくる。

「すごいですっ。や、柔らかくって……大きいし……」

つぶすように揉みしだいても、弾力があってすぐに元に戻っていく。

雄斗は揉むだけでは飽き足らず、先端部を指でつまんだり、こねたりする。

すると、

「はァン。うふんっ。雄くん、いいわ……もっと好きにしても。おばさんのおっぱい、雄くんだけのものにしていいのよ」

うっとりしながら、美那子が甘ったるく、ささやいてくる。

言われて、豪快に大きな乳房をすくうように揉んだ。

乳首がムクムクと尖り(とが)を増して、せり出してくる。

「ああんっ、雄くん……はああんっ、い、いいわ……」

美那子の唇が半開きになり、艶っぽい色気のある大きな双眸が、とろんととろけている。

(ああ、おばさんって、こんなエッチな顔をするんだ)

切なくて悩ましい憂いを帯びた表情。

そして、子どもを迎えに行くまでのわずかな時間に、配達員の男と自宅でエッチなことをするという淫靡な雰囲気……。

頭の中が、ピンク色に染まる。

ソファに並んで座りながら、夢中になっておっぱいを楽しんでいる間に、人妻の細指はしっかりとペニスにからみ、ゆったりと上下にこすってきた。

「くぅぅぅ……あぁっ……」

雄斗は震えて乳房を揉めなくなり、大きく呻いた。

指のひとこすりごとに、とろける愉悦が甘くこみあげる。

おばさんの指が、先走りの透明な粘液をぬるぬると亀頭部にこすりつけ、ねちゃねちゃとねばつく音を奏でていく。

「ちょっと触っただけで、うふふ。いやらしいオツユがまた出てきたわ……」

眉をハの字にし、うっとりとした目で言いながら、美那子は人差し指と親指で環をつくり、ネチネチと肉棒の表皮を引き延ばす。

「あうう、お、おばさんの指で、チンチンをいじってもらうなんて……夢みたいで、あうう、チ、チンポがとろけそう……」

ぶるっ、ぶるっと震えて、足先が引き攣った。

下半身がとろけて力が入らない。

同時に尿道がジクジクと熱く疼いていく。

「くうっ……ううっ……気持ちよすぎます……」

雄斗はたまらず喘ぎ声をこぼす。

「ウフフ。初めてだから、すごく敏感ね。もっとおっぱいを好きにしてみたいんでしょう？　吸っていいのよ、ガマンしないで」

フッとペニスを握る美那子の指が緩む。

好きにしていいという合図だ。

雄斗は、上半身裸の美那子をソファに押し倒す。

そしておっぱいを揉みながら、先端の突起にチュッと唇をつけてから、口に含んでチューッと吸いあげた。

「あっ……あううんっ……」

美那子が声をあげて、顔をぐっとのけぞらせる。

（あ、おばさんが、おっぱい吸われて感じている……）

乳頭に吸いつきながら、上目遣いに美那子を見た。

人妻は瞼を閉じ、わずかに眉をハの字にして震えている。

（うっとり目を閉じて……ああ、おばさん、すごいエッチな顔……もっと見たいっ、感じさせたい）

初めてで感じさせるなんて、できるわけないと思いつつも、ちょっと汗ばんだ乳首を、舌で懸命にねろねろと刺激する。

続けざまに、口に乳首を含んで舐めしゃぶり、さらにチュッ、チュッと吸い立てれば、

「ああっ……」

美那子は声を押し殺したように、恥ずかしそうに顔を振る。

いける。このままいけるっ。

雄斗はさらに舌全体を使って、シコった乳首を執拗に舐めると、次第に口中でさらにムクムクと尖りを増していき、

「ンンッ……あっ……いやんっ……やあああァァ……」

ついに美那子は両目をギュッと閉じ、くふんっ、と鼻から抜けるような甘ったるい声を漏らしはじめる。

(くううっ。おばさんっ、可愛い声っ……感じてる女の人の甲高い喘ぎ声って、たまらないよ)

興奮しつつ、さらにぺろぺろと乳首を舐める。

汗とミルクっぽい甘い匂いが濃厚に漂う。雄斗は舌で硬くシコった乳首を横揺

れさせて、さらに唇をつけて強く吸った。

「あうっ、はうう……そんなにしつこくなんて……いやんっ」

美那子が豊満な肉体をよじらせる。

表情を盗み見れば、眉根を寄せ、つらそうで今にも泣き出しそうだ。重そうな長い睫毛がふるふると揺れていた。

それに、とろんとした目がやたらに潤んでいて、おばさんが昂ぶってきたのが童貞にもはっきりわかった。

美那子はちらりとこちらを見て、

「あんっ……雄くんっ……ねえっ……いいの……すごい……あんっ、しつこいのがよくなってきたわ。ねえ、吸って……もっと吸っていいのよ……」

悩ましく言いつつ、美那子はビクッ、ビクッと震えはじめた。

(うおおっ。僕の舌で、ホントに感じてるんだ……)

甘ったるい女の匂いに、濃い匂いが混ざる。

女が発情してきた匂いだ。

興奮したままに、さらに乳首を強く、チューッと吸うと、小豆色の乳首がピンピンして取れそうなほど硬くシコってきた。

セミロングの黒髪も乱れて、汗ばんだ頬に張りついている。

表情も、大双眸が潤みきって完全にとろけている。

ハアハアと荒ぶる吐息が、さらに色っぽさに拍車をかけている。

もっとだ。

もっと感じさせたいと乳首をつまんだ時だ。

美那子は口角をあげて見つめながら、下から右手でいきり勃つものをキュッとつかんできた。

「うぐっ……」

覆(おお)い被(かぶ)さっていた雄斗は、思わず腰を引いた。

しかし、美那子はそれを許さずに、細指で勃起を握り、ガマン汁を引き延ばすように上下にこすってくる。

「うう、お、おばさん、そんなの……」

ぶるぶると震えながら、喘ぐことしかできない。

肉竿の表皮をこれほど優しく指で刺激されると、射精の時の甘い陶酔感がチンポの根元に生じてくる。

「あううっ……だめですっ……出ちゃいそう……」

「んふん、いいのよ。ガマンしないで」

狭いソファの上で、美那子はイタズラっぽい笑みを漏らすと、

「ねえ雄くん、ソファに仰向けになって」

と、指示してくる。

言われたとおりに、今度は雄斗が仰向けになると、美那子は身体をズリズリと下げていき、雄斗の股間に近づいていく。

次の瞬間。

分身が、一気に温かな潤みに包まれた。

「えっ？　ええ？　くううう！」

雄斗は首に筋ができるほど大きくのけぞり、ソファから落ちそうになった。

息を荒らげつつ見れば、美那子が肉茎を口に頬張っていた。

(えええええっ、おばさんが、僕のチンポをく、口にっ……これフェラチオだっ)

信じられなかった。

初めての快感に、雄斗は目を白黒させる。

温かい粘膜に根元まで包まれ、さらに窄めた唇でゆったりと表皮をしごきあげてくる。

「お、おばさんっ……ああ、洗ってないチンポを口の中に……」

声をあげると、美那子が見あげてくる。

美那子は眉間にシワを寄せて、苦悶の表情をしながらも大きく口を開けて、男の性器を舐めしゃぶっている。

自分の汚れた男根が、美熟女の口に出たり入ったりしている。

まるで従わせたような征服感に酔いしれ、ますますチンポがひりついた。

「ううん……」

美那子は悩ましい声をあげ、肉茎から唇を離す。

「口の中でビクビクしてるわ……気持ちいい？」

「そ、それは……こんな感触、初めてで……もう出そうになって……」

「ウフフ。いいのよ、ガマンしなくて。そのまま出そうになったら、出しちゃいなさい」

優しく語りかけつつ、豊かなおっぱいを雄斗の太ももに押しつけるようにしながらまた亀頭を飲み込み、じゅぷっ、じゅぷっ、と音を立てて、顔を打ち振ってくる。

一気に昂ぶった。

気持ちいいのはもちろんだが、自分のペニスを、子どもの頃から知っているおばさんに口に含まれるという背徳感に、震えるほど興奮した。

「で、出ちゃう。おばさん、もう……だめっ、あ、あの……ティッシュ！」

上体を起こし、慌てて言う。

猛烈に射精したくなってくる。

だが美那子は、勃起を離さずに咥(くわ)えながら顔を横に振り、

「むふんっ」

と、見あげて色っぽい視線を送ってくる。

(出ちゃうのに、どうして離してくれないの？)

雄斗は軽くパニックになった。

4

「え、え……？　ああ、おばさん……だめだよ。おばさんの口に、汚いの出ちゃうからっ！」

必死に訴えるが、美那子は口を外すどころか、さらに激しく顔を打ち振ってきた。

じゅぷうっ、と淫らな汁音が立ち、ガマン汁とおばさんの唾でべとべとになった勃起が柔らかな唇を出入りする。

（くうう、なんて心地いいんだ……腰がとろけそう）

亀頭にかかる人妻の吐息や唾、エラを這うねっとりした舌、そしてくびれを甘くしぼってくる唇の感触……。

すべてが雄斗を追いつめていく。

もうだめだ。

ガマンできなかった。

「あっ……くううっ、出るっ、もう出ちゃう！」

咥えられてから、わずか一分足らずだった。

どく、どくっ、と、いつものオナニーよりも激しい、全身を貫く快感が雄斗を包み込んだ。

「くぅぅっ……」

ぶるっ、ぶるっ、と痙攣（けいれん）しながら雄斗は尻を浮かす。

ハアッ、ハアッ……。

動けなくなるほどの愉悦だった。

それでも股間を見れば、美那子は眉間に縦ジワを刻み、つらそうにしながらも勃起を口から外そうとはせずに、切っ先から出ているだろう熱い樹液を口で受けとめていた。

「ああ、おばさんっ……口の中に……ご、ごめんっ」

美那子は軽く首を横に振った。そして、心配しないで、という優しく慈愛に満ちた目を向けてくる。

「んふっ、あふんっ……」

出し終えた感触があった。

美那子はようやく肉茎を、ちゅるんと吐き出した。

半開きになっている美那子の口の中に、あの青臭い白い体液が残っているのがチラッと見えた。

美那子は雄斗を見て微笑むと、ふっくらした唇を閉じる。

そしてギュッと目をつむり、コクンと喉(のど)を鳴らしてから、口の中にあったザーメンを一気に嚥下(えんげ)する。

(う、うわっ……僕の精液を、の、飲んだ!?)

雄斗は呆然と眺めた。

あんな汚いものを、飲んでくれるなんて……。

美那子は目を開けて、ウフフとはにかんだ。

「んっ……すごい量……いっぱい出したのね」

美那子は口元を手で拭いながら、

「気持ちよかった？」

と訊いて、頭を撫でてきた。

雄斗は頷き、そのまま初めての人をギュッと抱きしめる。

「お、おばさんっ……好きっ、大好きですっ」

自分の欲望を飲んでくれたという至福が、自然とその言葉を紡がせていた。

「うふっん。うれしいわ。ウフフ、これですっきりして戻れそうね。でも、お顔が真っ赤になっちゃって、汗も……」

美那子は雄斗の額の汗を手で拭い、前髪を指ですいてきた。

「おばさんも、汗すごい……」

雄斗も美那子の汗を手で拭ってやる。

彼女がウフフと笑うと、口から精液の匂いがした。

「あ、あんなの飲ませて……ごめんなさい」

申し訳ないなと思い、しょげると、今度は美那子の方からギュッとしてきた。

「私が飲みたかったんだもの、いいのよ。雄くんのだったら、私、飲んであげるから」

「で、でも、美味しくないでしょう？　僕のなんて……」

興味本位で訊くと、美那子が恥じらいがちに見つめてきた。

「ああん、エッチね。そんなこと聞きたいの？」

その表情がとても艶めかしく、思わず、

「うん」

と、興奮気味に答えていた。

美那子が笑う。

「味なんて……正直言うと、美味しくないわよ。苦いし、喉につまるし……雄くんのは量も多かったし、すごく濃かったわ」

ちょっとつらそうな顔で、美那子は続ける。

「……でも、どうしてかしら、飲んであげたくなっちゃうのよ。雄くんがうれしいと思うかなって。おばさんのおっぱいも褒めてくれたし……いけないのはわかってるんだけど、特別よ」

「僕、あの時、おばさんのパンツ見ちゃって、何度もオナニーしたし、恥ずかしくてずっと話せなかったけど、ホントに僕、好……」

その先は言わないで、とばかりに美那子が人差し指を唇に押しつけてきた。

「いいのよ。その気持ちは、彼女になる人のためにとっておいて。おばさんは雄くんがとっても可愛いから、してあげたのよ……あんっ」

美那子が甘い悲鳴をこぼす。

すぐに、驚いたように見つめてきた。

「……太ももに硬いのが当たってる。ウソでしょ？　もう？」

「だって、こうしておばさんを抱きしめてるだけで、たまらなくて」

事実だった。

出したばかりとは思えないほど、硬くなっている。

「……それって……雄くん、私を抱いてみたいの？」

彼女が恥じらいがちに言う。

驚いた。しかし、

「も、もちろんです」

ふたつ返事で、頷いた。

すると美那子が困ったように首をかしげる。

「こんなおばさんでもいいの？　初体験なんでしょ？」

「い、いいに決まってますっ。おばさんと、し、したいですっ」

必死だった。

彼女は考えていたようだが、やがて潤んだ瞳を見せてきた。

「じゃあ、いいわ。女の人、教えてあげる」

美那子は仰向けになり、ベージュのパンティに指をかけて引き下ろしていく。

（ああ、するんだ……セックスしちゃうんだっ）

夢心地で、ぽうっと見ていた。

美那子は脱ぎたてのパンティをソファに置いて、顔を横に背(そむ)けつつ、スカートをめくりあげて脚をゆっくりと広げた。

「う、わ……」

思わず声が出た。

初めて直に見るおまんこが、いやらしかった。

漆黒の草むらの下に、口を開けているような、花ビラのピンクスリットが息づいている。

「ああ、おばさんのあそこ……」

「見ないで、恥ずかしいから。そのまま来ていいわよ……導いてあげるから」

観察したかったが、それよりも挿入したかった。

狭いソファの上で、美しい三十八歳の人妻が……子どもの頃に憧れていた人妻が……今、股を開いて自分を迎え入れようとしている。

「お、おばさん、い、いくよ」

震えた。

全身が夢見心地で、ぶるぶると震えた。

切っ先を濡れそぼるワレ目に押しつけると、にゅるにゅるしたピンク色の花ビラが左右に広がった。

(穴はどこだろう……あっ……)

少し下に窪んだ場所をとらえた。美那子もペニスをつかんで導いてくれた。

切っ先が膣口に触れて、ちゅくと音が立つ。美那子の全身が震えた。

その時だった。

玄関から「ガチャンッ」と鉄のドアが開いた大きな音がして、

「ママー！」

と、子どもの声が聞こえてきた。

ハッとしてふたりはすぐに離れる。彼女はスカートを下ろし、慌ててブラウスを羽織ってボタンを嵌める。

雄斗も、ソファの陰に隠れてズボンとパンツを穿き直した。

「ねえママぁ、お迎えが来ないから、沙織ちゃんのママと帰ってきちゃったよ」

声が近づいている。

確か、子どもは小学校二年生だ。

詳細はわからずとも、いけないことをしてるくらいはわかるだろう。

ドキドキしながらソファの後ろに隠れていると、

「早く手を洗って、ランドセルを片づけてらっしゃい。すぐご飯にするから」

「はーい」

ふたりの会話が聞こえてから、美那子が顔を出し、

「今ならいいわ。玄関から出て。私が娘の相手をしてるから」

言われて雄斗は玄関まで行き、靴を履いてそっと重いドアを開け、そそくさと団地の一室を後にするのだった。

第二章　憧れお姉さんの透けパン

1

（ああ……美那子おばさんっ……！）

悶々とした気持ちは、夕飯を腹一杯食べても晴れなかった。

初めての大人の女性のおっぱい。

夢のような初フェラチオ。

しかも子どもの頃に、おかずにしていた近所の美人妻が、初めてのフェラチオの相手では、浮かれるのも仕方のないことだろう。

だけど、同じくらいの喪失感もあった。

もう少しで、あと数センチというところで、童貞喪失のチャンスを逃したのだから、惜しかったと思うのも当然だ。

（くうう……シタかったな。美那子おばさんと……初セックス）

雄斗は自室のベッドでのたうちまわりつつ、部屋着になろうとズボンとシャツを脱ごうとした。

その時だ。

ズボンのポケットが、わずかにふくらんでいるのに気がついた。

手を入れると、柔らかい布が入っていた。

(なんだこれ。ハンカチか?)

そのわりにはなんだか、手触りが違う。

引っ張り出してみると、雄斗は息を呑んだ。

美那子が穿いていたベージュのパンティだったのだ。

(な、なんで? なんで僕が美那子おばさんのパンティを持ってるんだ?)

ソファに、美那子が脱いだパンティがあったのは記憶にある。

だが、そこからがよく思い出せない。

もしかすると子どもに見つからないようにと、ポケットに隠したのかもしれない。

盗もうとしたわけじゃない。ただ慌てていただけだと思う。

(そのまま、持ってきちゃうなんて……)

おそるおそる手に取ってみる。

ベージュのパンティは、かなり大きめだ。

腰までしっかりと包み込むタイプで、フリルの他には飾りも何もないシンプルなデザインである。

(美那子おばさん、ウエストは細かったよな。それなのにこんな大きめなパンティなんて……お尻、大きかったもんな)

いかにも地味な普段使いのパンティだった。使用済みという感じのくたびれ方をしていた。

今日一日、ずっと穿いていたパンティであろう。

だとすれば分泌した体臭、それにおまんこの匂いも、しっかりとこびりついているに違いない。

いけないいと思いつつ、好奇心で匂いを嗅いでみた。

(まだ、に、匂いがする。ツンとする匂い……なんだろう)

心臓を高鳴らせながら、震える手で美那子のパンティを広げた。

見た瞬間に頭が真っ白になった。

クロッチのちょうどおまんこが当たる部分に、クリーム色に濁った粘着性のシミが、べっとりと付着していたのだ。

（なっ！　これって……も、もしかして……）

夕方のことを思い出す。美那子のワレ目はぐっしょり濡れていて、愛液がしたたっていたではないか。

（これ、愛液のシミだっ）

おそるおそる顔を近づける。

ツンとするような、酸っぱくて濃い匂いだった。

（ああ、あんなキレイなおばさんでも、パンティの、アソコの匂いって結構キツいんだ……）

そして……いけないことだと思いつつも目を閉じて、パンティに顔を埋めたまま、スウハアスウハアと息をした。

染み込んでいた生々しい女性器の匂いを嗅いで、雄斗はすぐさま勃起した。

（うわあああ……生臭くて……でも、エッチな匂いっ！）

雄斗は顔の上にパンティを載せ、そのままベッドに仰向けになった。

そして、ビンビンになったモノをズボンから取り出し、パンティの残り香を嗅ぎながら右手でこすった。

憧れていた女性の、恥ずかしい匂い。

すんすんとしっかりと嗅げば、わずかにアンモニア臭もして、それが鼻先から抜けていく。

おしっこの残り香でも、憧れの人妻のおしっこだと思えば頭が痺(しび)れた。

(あんなキレイなおばさんの、おしっこや、おまんこの匂い……)

酸味があって生臭く、アンモニアの匂いもわずかに残る。

おばさんのパンティは、想像以上にキツい匂いだった。

それでも、ずっと嗅いでいたくなるほど芳醇(ほうじゅん)な香りだ。美那子の恥ずかしい匂いだと思うと、こうしているだけでもう股間はビンビンだ。

右手が止まらない。

尿道が熱くなっていく。

もう少しで射精しそうな時だった。

「おーい、雄斗。明日また十号棟の岡田さんのところに配達してくれってよ。今、母さんの携帯に連絡がきて、今日と同じ時間が希望なんだと。あとよぉ、渡したもの持ってきてくれとよ」

居間の方から、父親の声が聞こえてきた。とたんに萎(な)えてしまう。

くそっと思った。

（渡したものって？……こ、これのこと？）

美那子がパンティを返せと言ってきているらしい。

まあ、バレてるよなあ。

2

次の日。

配達野菜の茄子と、ポケットには昨日持ってきてしまった下着を入れて、また美那子のところに向かう。

歩きながら、昨日の伝言を思い出し、身体を熱くしていた。

（パンティを返したら、もしかして、そのあと……）

ドキドキがずっと止まらなかった。

美那子の家のドア前に立っただけで、すぐにも股間がふくれてしまいそうだった。

震える手でインターフォンを押す。

『どうぞ』

昨日と同じように、美那子がドアを開けてくれる。

だが違うのは、美那子のブラウスとスカートの格好を見ただけで、欲情してしまったところだ。

しかも。

美那子は昨日のほぼノーメイクとは違い、うっすらメイクをしていたのだ。ノーメイクでも美人なのに、今日はドキッとするほどキレイだ。

（キ、キレイすぎるっ……このメイクって僕のために……だよな）

しかも、微笑んだ表情が昨日とはうってかわって艶めかしい。

抱かれることを意識しているのか、ふたりの間の空気が昨日よりもうんと濃密なものに感じる。

「今日は必ず五時に迎えにいかなければならないの。もっと早く来て欲しかったんだけど、お友達と用事があって……あんまり時間がなくてごめんね」

「いえ、そんなことは……」

美那子はすっと近づいてきて目を細める。

「……昨日はつらかったでしょ。あんなところで終わっちゃったから……」

「あ、え、それは……もう」

美那子に手を引かれ、和室に案内される。

そして押し入れから布団を一組出して、六畳間の畳の上に敷いた。

「ねえ、雄くんも……脱いで……」

美那子は顔を紅潮させつつ、ブラウスのボタンを外していく。

わずかに後ろめたさのようなものをにじませるが、それでも大きな目の下は、ねっとりと赤らんでいて、人妻の欲情を伝えてくる。

(ああ、ついに……僕、セックスするんだ……)

柔道しかしてこなくて、あまり女の子と話したり遊んだりしたことがない。

こんなごつい身体や、畳にすれて餃子(ぎょうざ)みたいな形になった耳や、熊みたいな丸い顔がコンプレックスだった。

それが、こんな美しいおばさんが初めての相手になってくれるなんて……。

相手は人妻だ。もちろんいけないことだが……その禁忌(きんき)が余計に興奮を煽ってくるのも確かだ。

心臓が息苦しいほどドクドクと脈を打っている。

美那子は、セミロングの髪をかきあげた。

さらさらの絹のような髪がふわあっ、と乱れて、あたりに甘い匂いが立ち込めた。

そして……美那子はブラウスとスカートをゆっくりと足元に落とす。

今日もブラジャーはつけていなかった。

だから、いきなりパンティ一枚の姿である。

（ああ！　……す、すごい……）

改めて全身を見ると、美那子のおっぱいの大きさに圧倒された。

ココア色の乳輪はくっきり輪郭を描き、乳首はすでに尖りを増している。

三十八歳とは思えぬ、ヨダレを垂らしてしまいそうなほど見事なプロポーションと、ムンムンと匂い立つような人妻の色気が感じられる。

美那子は続けざまに、パンティに手をかけると、前屈みになって丸めながら下ろしていく。

「やだ……雄くんも、早く脱いで」

雄斗はハッとした。

慌ててシャツもズボンもパンツも脱いで、前を手で隠しつつ全裸になる。

「ウフン、そんな大きい身体で、恥ずかしがってるなんて可愛いわ……」

布団に押し倒されて、熟れた身体で抱きしめられた。

（う、うわっ……肌がすべすべで柔らかくてっ……いい匂いっ）

うっとりしていると、美那子が顔を近づけてきた。

「ううんっ……」

どちらからともなく唇を重ねる。

しかし、すぐに美那子はキスをやめて見つめてくる。

「ウフッ、雄くんっ……ガチガチよ。恥ずかしいの？ それに、キスしただけでもう顔が真っ赤よ」

「だっ、だって……お、おばさん……僕、キスもまだ……」

「そうなの？ じゃあ初キスね。ううんっ……」

ぴたりと口を塞（ふさ）がれて、雄斗は初めての口づけにうっとりとして、目を閉じた。

（お、おばさんと、チューしちゃってるっ）

柔らかい唇の感触、リップの甘い味。フルーティな呼気。

優しくてとろけるようなキスの感覚に、雄斗の頭は一気に痺れていく。

やり方がわからぬまま、されるがままに身を任せていると、唇のあわいをぬるっとしたものが滑り込んでくる。

（うわっ！　おばさんの舌が入ってきたっ……）

おばさんの舌が生き物のように動いて、口の中をまさぐってきたのだ。

雄斗も、おそるおそる舌を差し出してみる。

美那子はすぐに舌をからませてきて、ねちゃねちゃと唾の音をさせながら、深いキスをしかけてくる。

「はあっ……んんっ……んっ……んっ……」

美那子が切れ切れに漏らす吐息と、ねちゃ、ねちゃっ、と唾液のからみ合う音が、淫靡な響きで耳奥に届く。

（ああ、おばさんとベロチューしてるっ。ぬるぬるして温かくて……唾液を舐め合って……くうう、キスってこんなに気持ちいいんだ）

息苦しいほどに口づけを交わし、ようやく美那子が口を離した。

雄斗は美那子を見あげた。彼女は唾液の糸をツゥーッと垂らしつつ目の下をピンクに染めて、うっとりと見つめ返してきた。

冬だというのに、ふたりとももう汗ばんでいる。

ムンムンとした熱気と、汗、そして獣じみたセックスの匂いが、ふたりの間に漂っている。

「ウフッ……そうそう、ねえ、雄くん。そういえば私のパンティ持って帰っちゃったでしょ」

ついに言われて、ギクッとした。

しかし美那子の表情は咎めるふうでもなく、朱色の恥じらい顔だ。

雄斗は顔を赤らめつつ答える。

「あ、あれは気がついたら、ポケットの中に……入ってたんです」

本当のことだが、信じてもらえるだろうか。

雄斗が心配していると、美那子が羞恥の困り顔で耳元に口を寄せてきた。

「……雄くん、おばさんのパンティに、イタズラした？」

「えっ⁉」

図星をつかれ、さらに顔が熱くなった。

それが答えだと言わんばかりだ。

美那子がクスクス笑う。

「やっぱり……でも、ドキドキしちゃったわ。昨日、雄くんにずっと私の下着、おもちゃにされてるんだろうなって想像したら、私……」

美那子は恥ずかしそうな表情で続ける。

「舐めたり、匂いを嗅がれたり、穿いていたパンティにたくさんいやらしいことされてるって思ったら、私も興奮しちゃったのよ」

「あ、あの……舐めたりまでは……」

「ウフッ、いいのよ。私のパンティあげるから。好きにしても……でも、下着なんかに興味を持たなくてもいいのに。下着よりも、おばさんの中に直におちんちん、入れてみたいんでしょう？」

　美那子は雄斗の手を取り、自らの股ぐらに触れさせる。

　そこはすでにひどくぬかるんでいて、淫靡な熱さが伝わってきた。

「あ……すごいっ……ぬ、濡れてるっ」

「そうよ。おばさんも雄くんが欲しくなってるの……雄くんに大きいのを入れて欲しくて……」

　人妻はつらそうに眉根を寄せる。

　その情欲にかられた表情が、一気に雄斗の興奮に火をつけた。

　すぐさま美那子を仰向けにすると、雄斗は正面に膝をついた。大きなおっぱいが揺れている。グラマーな熟れきったボディが童貞を誘ってくる。

「ぼ、僕もガマンできませんっ……い、いきますよ」

人妻は、小さくコクンと頷いた。

「ゆっくりでいいからね。大丈夫よ。おばさんが導いてあげるから」

雄斗は緊張しながら、同じように首を縦に振る。

正常位で挿入しやすいように、美那子が脚を上げてくれた。

片方の膝をすくいあげ、もう片方の手で屹立を握りながら、濡れそぼる亀裂に切っ先を当てる。

（確か、昨日は下の方にあったはず……あっ！）

切っ先が小さな穴に嵌まった気がする。

本能のまま、ぐぐっと腰を押しつけると、小さな姫口が押し広げられて、にゅるんと亀頭部が美那子の中に嵌まり込んでいく。

「あううんっ……」

美那子が叫んで、大きくのけぞった。

（こんなに抵抗なく入るなんて……おばさんの濡れ方がすごいんだ……）

ぬるるっと亀頭部が、膣口を押し広げて挿入されると、

「んんっ……お、おおきっ……ああん、いやっ……」

美那子は顎をさらしながら、しきりに首を振り身体を強張らせる。

それを眺めながら、雄斗は一気に根元近くまで美那子の胎内に突き入れた。

（うああ、これがおまんこ……ぐちゅぐちゅして……なんだか柔らかいのに、襞が襲ってくるっ。すごいっ。あったかくて気持ちいいっ！）

煮つめた果実に包まれているみたいだった。

じっとしていると、とろけた媚肉が、ギュッ、ギュッ、と分身を締めつけて射精をうながしてくる。

「ウフッ……どう？　初めての女の人は……？」

眉間に縦ジワを刻みつつ、上気した顔で美那子が訊いてきた。

「うう、す、すごいですっ。あったかくて、にゅるにゅるしていて。それにおばさんとひとつになれたなんて……」

「あん、私も雄くんの初めてになれて、うれしいのよ。ホントに私みたいなおばさんで、よかったのかしら？」

「い、いいに決まってますっ。今でも好きなんですっ。おばさんキレイだし、色っぽくて……ンンッ」

美那子が下から両手で頬を挟み、キスをしかけてくる。

「むふん、ううんっ……んんっ……」

悩ましい鼻声を漏らしつつ、舌をからめて激しい口づけに興じる。

(ああ、キスしながら、おばさんとつながってるって、なんだか身も心もとろけちゃいそう)

ゆっくりと腰を動かした。

「あっ……あっ……」

美那子が唇を離し、うわずった声を漏らして身をよじる。

(か、感じてくれてる)

うれしくて、もっと突いた。

温かな肉路を怒張で埋めながら、雄斗は猛烈な快感に襲われていた。

(このきつさがすごい……)

目をつむった美那子の瞼が、ピクピクと痙攣していた。

(もっと……おばさんの奥まで突きたい、こすりたいっ)

ハアハアと息を荒らげつつ、奥まで穿(うが)った時だった。うねうねとする濡れきった媚肉が、ギュッと肉竿にからみついてきた。

「うっ!」

いきなり射精しそうになり、雄斗はぴたりと腰をとめて、腕立て伏せをするように、布団の上に両手を突いた。

「どうしたの？　ウフフ。出ちゃいそう？」

「は、はい」

切羽つまった顔をすると、美那子がニコッと笑った。

「いいのよ、出してもいいから。好きなように突いて。おばさんのことはいいから、雄くんが気持ちよくなって……」

下からギュッとされた。

大きな身体で、雄斗も包み込むように抱きしめる。

もともとは柔道選手だ。

寝技は得意だったから、初めてでも、一応うまくできている気がする。

(正常位って、縦四方固めなんだな……)

ギュッとしながら、そんなことを考えつつも、甘い匂いに、柔らかな女体の感触を楽しんでいると、すぐに柔道のことなど頭から吹っ飛んでしまう。

たわわなおっぱいが押しつけられている。

たまらなかった。

さらにチンポが膣内でビクビクする。

「ウフフッ、可愛い。私の中に雄くんがいるのね。おちんちんが震えてるのを感じちゃうわ」

またキスされた。

甘くとろけるようなキス、汗ばんで柔らかな熟れた肉体。

獣じみたセックスの匂いや、女の肌の噎せるような芳香に、もうどうにもならなくなった。

「くうう、おばさん……もう、ホントにギリギリで、どうにもなら……なくて」

唇を離して素直に言うと、美那子が頭を撫でてきた。

「んふっ、いいんだってば……おばさんのこと好きにして、お願い」

「は、はいっ」

ここまで言われたら、躊躇いはない。

少しずつだが、再びゆっくりと腰を動かした。

「ああんっ……ああんっ、ああ……」

美那子が華やいだ声を漏らして、何度も腰をもじつかせる。

打ち込むたびに、大きなおっぱいが目の前で揺れる。

身体を丸めて、そのせり出した乳首にしゃぶりつき、さらに打ち込むと、

「あっ……あっ……あぅぅ……！」

美那子が大きく顔をそむけ、腰を震わせる。

正常位でつながりながら、ふたりはもう汗みどろで、からみつき合っていた。

「ハア……ハア……ハア……」

「あんっ……あんっ……あんっ」

ぐちゅ、ぐちゅ……ぱんっ、ぱんっ……。

はしたない水音や、下腹部の肉と肉がぶつかる打擲(ちょうちゃく)音が響く。

「ううっ、き、気持ちいい……」

雄斗は打ち込みながら、美那子を見た。

うっすら開いた口からは、悩ましいセクシーな吐息が漏れ、優しげな目がもうとろんとして、視線を宙に彷徨(さまよ)わせている。

「美那子おばさんの感じてる顔、色っぽいですっ……」

言うと、人妻はハッとなって、イヤイヤする。

「み、見ないでっ……あんっ……だって……雄斗くんの、すごいのよっ……ああんっ……だめっ、気持ちよくなっちゃうの、おばさん……ああんッ」

美那子がしがみついてきた。

雄斗は震えた。

（感じさせてるっ……僕がセックスで、おばさんを……）

興奮してさらに猛烈に突きあげると、美那子の身体はどんどん押しあげられて、布団から頭がはみ出していた。

「あううんっ……だめっ……だめっ……ああんっ……とろけちゃいそう……ねえ、イキそうよ。おばさん、イッちゃいそうなの。イッていい？」

おばさんが不安そうな目を向けてくる。

久しぶりなのだろうか、可愛らしくて、少女のようだった。

イカせたかった。

だが先に自分の方に、限界が訪れていた。

甘い陶酔感がふくらみ、もう射精まで数ミリ。ぎりぎりな感じだ。

「うっ、くう……だ、だめだ……僕っ、出ちゃいますっ、続けられないっ」

ハアハアと息を弾ませて美那子を見る。

彼女は表情を緩ませて、

「ウフ、いいのよ。私のことはいいの。私のことより雄くんを優先してね。好きな時に出してっ……おばさんを雄くんのものにしてっ。ねっ」

その優しい台詞に、不安な心が氷解するようだった。

「うくっ、おばさん。しますっ、おばさんを僕のものにっ。く、ああ……イキますっ……あっ……あああ……」

雄斗は情けない声を漏らした。

決壊したように、どくっ、どくっ、と、切っ先から美那子の奥に向かって注ぎ込んでいく。

（ううう……意識が飛びそう。こんなすごい射精、初めてだ……）

目の前が真っ白になって、身体がゾクゾクと震えた。

脚にも手にも力が入らなくなり、会陰（えいん）だけがひりつく痛みを伴っている。

「あんっ……いっぱい……熱いのが……雄くんのが、おばさんの中に」

美那子がギュッと抱きしめてきた。

同時に媚肉が搾（しぼ）り取るように締めつけてくる。美那子はまるで少女のように、キュッと目を閉じている。射精はまだ終わらない。

（ああ……おばさんの中に注いでるっ……）

まさか、という夢心地だった。

憧れの人と身体を交わした幸せを噛みしめながら、雄斗は美那子をしばらく抱きしめていた。

ふいに時計が目に入った。

四時四十分。

子どもの迎えの五時までは、まだ時間があった。ホッとした。

団地妻との濃厚すぎる四十分だった。

だが……熟れた人妻の大きな尻に、たらっと白い自分のものが垂れるのを見て、雄斗はまたペニスを大きくしてしまう。

美那子はハアハアと肩で息をして、布団の上に横たわっていた。

が、再び大きくなった肉竿を見てから、ちらっと時計に目を走らせた。

「ンフッ……雄くん、もう一回したい？」

妖艶な笑みを漏らしつつ、イタズラするように肉茎をしごき、わずかな時間でも次をうながしてくる団地妻は、あまりにエロすぎた。

3

団地の一室に、夕陽が差し込んでいる。

「はあああ……ああっ……だめっ……ああんっ、どうしたらいいのっ……雄くんのが私の中…あうう……あんっ、だめっ、おばさん……ああん」

美那子を腕の中に抱き、再び正常位で何度も貫くと、彼女は早くもまた腰をうねらせはじめた。

ぬちゃっ、ぬちゃっ、と水音が立ち、美那子の膣が勃起を締めつけてきて、ひとつになったという至福が気分を高揚させてくる。

「ああ、お、おばさんっ……今だけは僕のものになって……」

抱きしめて、汗まみれで目を向けながら、ついつい昂ぶった台詞を口にしてしまう。

美那子も見つめ返してきて、うっとりと目を細める。

「ああんっ、なるわ……おばさんの身体、雄くんのものよっ、ああん……ごめんなさいっ……ずっと年上なのに、あんっ、私……こんな、こんな……」

美那子の身体がギュッとこわばる。

同時に膣がキュッと締まり、ペニスの根元が搾られる。

「くうう……」

雄斗はお尻の穴を締めた。

おばさんの可愛いイキ顔が見たいっ。

それだけを考えて、射精をガマンした。続けての二発目だから、童貞喪失時よりは少し余裕がある。

しかし、美那子はその顔を見られたくないのか、しがみついてきた。雄斗の胸に顔を埋める。

「ああんっ、いいっ……イイわっ……ああっ、だめっ、私……恥ずかしいっ、でもだめっ……」

イクッ。

胸元で美那子が小さく叫ぶ。

同時におばさんの身体は小刻みに震え、腰がガクガクとうねってきた。

(イッた……イッたんだ、おばさん……)

イキ顔を見せてはくれなかったが、それでも興奮した。

しがみついたまま、やがて痙攣がおさまると、汗まみれの熟女がようやくこちらを向いてきた。

「……雄くん、ごめんね……」

きっとリードしようと思っていたのだろう。しかし、自分が先にイッてしまったのだ。

美那子は恥じらい、頬を真っ赤に染めている。

可愛らしかった。

子どもの頃に恋い焦がれた、麗しい若妻の顔そのままだった。

十三年という月日が経ち、そんな憧れの人に筆下ろしをしてもらい、しかもイカせることができたなんて……。

汗の匂いや甘い体臭。

愛液の匂い。

そして、もちもちと柔らかい熟れた肉体。

おっぱいやおまんこの形状まで……。

すべてこの目に焼きつけておきたいと、雄斗は美那子をギュッと抱きしめる。

同時に、美那子の膣の中でチンポが、ググッとそり返った。

「ああんっ……私の中でまた大きくなって……ああん……イキたいのね……いいわ、まだ痺れているけど、おばさんの身体を好きに使って……いい、ああんっ」

今度は美那子の感じている顔をしっかり見ながら、正常位で奥まで何度も激しく突いた。

「ああ、おばさん……最高ですっ……」

雄斗はグイグイと奥を強く穿つ。

美那子は息を荒らげながらも睨みつけてきて、ぐっと雄斗の腕をつかんだ。

「あんっ……あんっ……このおちんちんの動かし方……おばさんを……また、あんっ……！　か、感じさせようとしてるでしょう？」

「い、いや、僕にそんな余裕なんてないですからっ」

本音だった。

でも、この動かし方が感じるならと、また奥まで入れて、ぐりんぐりんとまわすように動かした。

すると、美那子はとろけた様子に変わり、

「あんっ……だめっ、ああんっ……いやっ……またイキそうっ……お願いっ、今度は先にイッてっ……」

泣き顔で美那子が訴えてくる。

「は、はいっ……今度は先に……」

雄斗はググッと前傾姿勢になった。

大きな身体で奥まで入れると、美那子の女体もそのまま腰が浮いて、脚を開いたまま、後転したような格好になる。

おまんこが丸見えだ。

いや、それどころか……顔とおまんこ、おっぱいのすべてが同時に眺められる素晴らしい体位になる。

（これ、マングリ返しだ）

ＡＶで見たそのままに、美那子を恥ずかしい格好にさせると、彼女と入れたまま目が合った。

「あ……いやっ！　雄くんっ……こんな格好にしないでっ……」

美那子が恥じらい、いやいやをした。

それはそうだろう。

黒光りする怒張が、花蜜であふれた自分の花弁を出たり入ったりしている様子も、美那子の視界に入っているのだ。

「おばさん、ほら、こんなに奥まで入ってます。……ああっ、また蜜があふれてきた。おばさんのおまんこ、エッチすぎるっ」

「ああんっ、恥ずかしいっ。雄くんのエッチ……ああんっ、だめっ、あはあん」

羞恥が興奮を呼ぶのか、美那子がまた差し迫った表情を見せてくる。

この恥ずかしがる顔がたまらない。

雄斗は美那子を見ながら、今度は先に放出する。

四時五十五分。

射精の余韻に浸る間もなく、慌てて服を着た。

美那子もティッシュで股を拭いつつ、慌てていた。

この慌ただしさが、人妻との逢瀬の醍醐味なのかもしれない。夕方の空いた時間に団地妻とセックスする。

罪悪感とともにイケナイことをしたという昂ぶりが募る。

その時だ。

団地内にあるスピーカーから、五時を告げる音楽が流れてきた。ふたりは慌てて家を出るのだった。

4

冬だけど、春が来た。

女性というものを初めて知り、世界が変わったようだった。

柔道を引退して、心にぽっかり穴があいてしまったようなセピア色の実家暮らしに、色がついたような気がする。

とはいえ、だ。

相手は子どものいる、十以上も離れた年上の人妻。

憧れの人に筆下ろししてもらった感動はひとしおだが、その先がないのもわかっている。

毎週の配達はするけれど、その都度お邪魔していたら、よからぬ噂が立つことは雄斗にも美那子にも理解ができていた。

昨日のことだ。

配達に行くと、しばらくはエッチできない、と美那子に釘を刺されてしまった。

だから気持ち的には「春が来た」でも、それが満開の桜だとは言いがたいのが、もどかしいところではある。

「おーい、雄斗。配達行ってくれ。乃坂さんち」

店の奥で悶々としていると、店先の父親から呼ばれた。

上着を羽織って、店先に置いてあった発泡スチロールの箱を持ちあげると、なんだか異常に重かった。

「何だよこれ」

訊くと、父親は野菜を並べながら、面倒臭そうに言った。

「かぼちゃだよ。六個入ってる」

「マジかよ」

ずしっと重いが、まあこれは仕方のないところだ。

近所に大型のスーパーが出店してきて、団地の主婦はみんなそっちに流れてしまっている。

それにそのスーパーも、配達サービスをやっている。

なので、手をこまねいていたら、客を取られる一方なのである。

それで雄斗の実家の八百屋では、少額の買い物でも希望とあらば配達をするようになった。かぼちゃ六個だけでもありがたいと思わねばならない。

(せちがらいというか、時代というか……)

外に出る。

団地内にある商店は、気持ちばかりの電飾が飾られていて「そういえばクリスマス」も近いのだと気づかされる。

「おう雄ちゃん、配達かい？　ウチのもやって欲しいなあ」

隣の肉屋の小向さんが、量り売りしながら声をかけてくる。夕方は買い物客の奥さんたちがちらほらだ。

「バイトなら、掛け持ちでするけど」

雄斗が言うと、小向は「あほかい」とカウンターの向こうで笑う。

「バイト代なんか払えんわ。もうカツカツやのに」

「えーっ。じゃあだめ」

大きな発泡スチロールの箱を持ったまま、肉屋の前を過ぎる。

団地内の商店街はその他にも、パン屋や喫茶店、居酒屋にクリーニング屋などが軒を連ねている。

小さな診療所や、保育園や学童保育所もある。

だが、これも時代だろう。商店街は寂(さび)れはじめていて、シャッターを年中下ろしている店もチラホラ出てきている。

魚屋の前を通った時だった。

「雄ちゃん、帰りに寄ってって。あんたのお母さんに渡したいものがあるから」

店の奥から顔見知りのおばちゃん、八木沼(やぎぬま)さんから声をかけられる。

雄斗は立ちどまって、振り向いた。

「いいっすよ。じゃああとで」

帰りに声をかければいいんだなと、何気なくまた歩き出した時だった。

(あれ？　なんか腰に違和感が……)

もう一度立ちどまって、脚を開いてみた。

股関節がずきずきする。

久しぶりの感覚だった。雄斗は焦った。

(やばっ……やっちゃったか……)

腰から下が痺れている。

「どしたい？」

店の前でへんな動きをしている雄斗を見かねて、おばさんが手をタオルで拭いながら近づいてきた。

「たぶん、柔道で怪我した時のヤツが、また出たっぽい」

「ああ、あんたそういえば前に松葉杖ついてたねえ。そりゃまずいね。片瀬さんとこ行ってきたら？」

片瀬というのは、団地内にある片瀬整骨院で、雄斗は子どもの頃から脱臼などするたびに、そこに通って治してもらっていた。

怪我の後、定期的に股関節のマッサージを受けていたのだが、ここ最近は調子がよかったので、あまり真面目に通っていなかったのだ。

ともかく荷物だけは届けようとぎこちないながらも階段をあがりつつ、雄斗は考えた。

（最近、別に激しい運動とかしてないよな……あっ！）

した。

美那子とのセックスだ。

初めての性行為で舞いあがって、わけもわからず腰を振りまくったのだ。

思わずニタニタしてしまうが、これは問題だった。

まあそうそう女性と関係することはないと思うのだが、性行為のたびにこんな状態になってはかなわない。

とにかくなんとかカボチャを届けてから、久しぶりに片瀬整骨院に行き、ガラス戸を覗いてみると、意外に患者が多くて驚いた。

入り口を開けて中に入ってみると、待合スペースはいっぱいだった。

といっても、院長がひとりでやっている整骨院なので、丸椅子に四人もかけていたら満員なのである。

座っているのは、みな高齢の老人ばっかりだった。

「なんや、怪我でもしたかいね」

顔見知りの老婦人が訊いてきた。

「いや、前に怪我したとこがまた痛みだして……」

「誰やね、これ」

話している途中で別の老人が会話に入ってきた。

「堀口青果店の倅やで、ほら、一号棟の下の」

「ほう、あっこの八百屋の倅かあ。こんな大きいのがいるんか」

雄斗はとりあえず、頭を下げた。

普段はいてもひとりかふたりだから、予約しないでふらりと来たのだが、四人もいるとは珍しいことだった。

まあ寒くなってきたから、年配の人は足腰が痛くなってきたってところか。

「おう、雄ちゃん。ちょっと待っててくれな。今日は珍しく忙しいから」

施術しながら、院長が衝立の向こうから声をかけてきた。

(あれ?)

ふいに白衣を着た女性が目に入った。

丸首にボタンでとめるタイプの白衣に、下は真っ白いズボンである。

そんなに儲かっている風でもないのに、なんで人を雇ったんだろうと思っていたが、白衣の女性がこっちを見て、ニコッとしたのでドキッとした。

院長のひとり娘の綾乃だったのだ。

（あれ？　なんで綾乃さんが。結婚して実家を出たはずなのに。たまたま手伝いに来たのかな？）

片瀬綾乃のことは小学生の時から知っている、近所のお姉さんだ。

雄斗の二歳上だから、今は二十七歳。

少し栗色がかった髪をポニーテールにしているが、それが凛とした顔立ちの彼女によく似合っている。

切れ長の目に小高い鼻梁、そして知的さを感じさせる上品な唇。

風紀委員とか生徒会長とか、そんな真面目そうな雰囲気がありつつも、白衣の胸元を盛りあげる乳房のふくらみや、ズボン越しにもわかる細い腰から大きなヒップにかけての稜線が、女盛りの色香を醸し出している。

（ああ……久しぶりに見たけど、相変わらずキレイだな）

小学生の時から、近所でも評判の美少女だった。

彼女が中学生になってからは、あまりの美少女っぷりに、いつも遠巻きに眺めるばかりで、おいそれと近づけなかったくらいである。

それからしばらくして、彼女は結婚し実家を出た。

結婚する前からあまり見かけなくなったから、会うのはもう十年ぶりくらいである。

(なんだか、ずいぶん色っぽいな……人妻だからかな)

ちらちらと見ていると、綾乃が近づいてきたのでドキッとした。

「雄斗くんでしょ。久しぶりね。懐かしいわ……大きくなったのねえ」

ふわっと甘い匂いが漂った。

「え、ええ……まあ……」

普通にしようとしていても、目を合わせられない。

しかも美人過ぎてまともに口もきけない。恥ずかしくて、やはり女性、特に美人にはまだまだ免疫がついていないようだ。

「なんや、八百屋の倅さん、赤くなってるな。綾乃ちゃんは、別嬪(べっぴん)だからなあ」

婆ちゃんたちにけらけら笑われた。

ますます恥ずかしいが、ちらっと見れば綾乃もクスクス笑っていて、ちょっと和(なご)んだ気がする。

「この子、綾乃ちゃんと、いくつ違いや」

訊かれて、綾乃は「えーと」と考え、

「私が三年生の時に、一年生で入ってきたのよね、雄斗くん」

久しぶりに親しげに呼ばれて、うれしくなった。

「そ、そうです。綾乃さんに集団登校とかで学校に連れてってもらって」

「じゃあ、ふたつお姉さんか。綾ちゃん、いくつになるかね」

「二十七かな」

「なんやもう、そんなになったか」

「もうって何よ、ひどいわね、お婆ちゃん」

老婦人とやりとりしてふくれっ面を見せつつも、あははと屈託(くったく)なく笑うところが、綾乃の可愛らしいところだ。

正統派の美人で、黙っていると近寄りがたいくらい凜とした雰囲気があるのだが、性格はとてもおおらかで、小学生の時もみんなから好かれていた。

人気があったのだ。

「しばらくは、ここを手伝うんかい？」

他の老人も口を挟んできた。

「うん。だって、もう国家資格も合格したもん」

聞いていて雄斗は「え？」と思った。

(国家資格を取ったんだ。じゃあ、共働きってことか……)

ぼんやり考えていたら、

「よかったなあ、先生。継いでくれるらしいで」

知り合いの婆ちゃんが言うと、先生は、

「別に継がんでいいわ。それより早く新しいの見つけてくれればいい」

と、面白くもなさそうに返してくる。

「見つかるわ。綾乃ちゃんならよりどりみどりだ。こんな別嬪さんだからなあ」

「そうやそうや。なんなら、紹介したるが。真面目な男を」

老人たちが囃(はや)し立てる。

(へ？)

雄斗は、一連の会話を聞きつつ綾乃を見た。

彼女は苦笑いを浮かべるだけだ。

(今の言い方、まさか離婚したのか？)

はっきりと訊きたかったが、それはさすがに思いとどまった。

だが、訊かなくてもすべての話を総合すれば大体わかる。だからわざわざ国家資格を取って手伝いをしているのだ。

（しかし、どうして……）

綾乃をまじまじと見る。

あの頃の美少女が、そのまま大人になったから、当然美人だった。

ポニーテールの似合う理知的な顔立ち、白衣の似合う清楚な雰囲気。

そしてスレンダーなスタイルもばっちりだ。

背をこちらに向けると、肩から腰のくびれにかけてのラインが、実にほっそりしていて悩ましい。

が、くびれているのに、白いズボンのお尻は、はちきれんばかりのボリュームだった。太ももの付け根からヒップにかけてのラインは、震いつきたくなるほど肉感的だ。

（ああ……綾乃さんって、子どもの頃は細かったのに……お尻が色っぽくて大きくなってる……大人の女性になったんだな）

ズボン越しにも、ムチッとした尻の大きさが伝わってくる。

雄斗はごくりと唾を飲み込みつつ、むちっ、むちっ、と揺れ動く、綾乃の尻の丸みをじっくりと眺めた。

尻ばかりではない。

白衣を盛りあげる胸のふくらみも、目を見張るほどの大きさだ。

細すぎず、むっちりしたちょうどいいプロポーションに見える。

「そうだ。綾乃。先に雄ちゃんに施術したらどうだ。雄ちゃんなら頑丈だから、多少どっか間違えても大丈夫だろ」

院長である綾乃の父親に、怖いことを言われた。

「えっ……でも」

綾乃はチラッと楽しそうに話している老人たちを見る。

「大丈夫だよ。婆ちゃんたちは待合室で話をするのも楽しみのひとつなんだから」

「そうそう。ええよ、綾ちゃん。先に八百屋の倅をやってくれ」

老人たちはまた、話に戻っていく。

綾乃が、ニコッとした。

身体がカアッと熱くなっていく。

「どうしよう、雄斗くん。私、初めてなんだけど、いい？」

「あ、だ、大丈夫ですよ」

内心は大丈夫どころではなく、大歓迎である。

「それじゃあ、こっちに来て、うつぶせに」

「あ、はい」

施術用ベッドの硬い枕に額をつけ、うつぶせになる。

「ええっと、股関節よね。左と右、どっちが痛いのかしら？」

背中をポンポンされながら、訊かれた。

「左です。太ももの付け根のところが、痛くなって」

「何か激しい運動した？」

訊かれてドキッとした。

「い、いや別に……おそらく柔道してた時の怪我の後遺症かと」

まさか初めてセックスして痛くなったとは言えない。

「柔道ね。そうよね、怪我したんだものねえ。ホントに残念だったわね」

「いや、仕方ないですよ」

腰をギュッと押された。

（ああ、綾乃さんに施術してもらってる……）

なんだかそれだけで全身が火照ってきた。

美那子とはまた違う、柑橘系の甘酸っぱい匂いだ。
彼女のほっそりした指が、さわさわと臀部に触れる。
「ひゃっ」
くすぐったくて、ビクッとしてしまう。
「あ、ごめんなさいっ。くすぐったいわね」
「いや、だ、大丈夫ですっ」
と返すものの、あまり大丈夫ではなかった。やはり慣れていないらしい。
今度は反応すまいと奥歯を嚙みしめる。
お尻のあたりを揉まれると、ムズムズする。
ちょっと腰をよじらすだけで、なんとかやり過ごす。
(しかし、ホントに初めてなんだなあ)
綾乃の指は、ときに強くなったり優しくなったり強弱をつけて押してくる。
施術というよりは性感のツボを押されているみたいだ。
そのせいで、くすぐったさと同時に股間がむずむずしてきた。
(や、やばい。反応しちゃうよ)
(いい匂い……)

彼女は懸命に施術をしてくれている。

それはわかるので、いやらしいことを考えないようにと、なんとか気をそらそうとする。

すると、ふいに待合スペースにいる老人たちの言葉が耳に入ってきた。

「それにしても旦那は悪い奴やなあ。女だって」

「ホントになあ。綾乃ちゃんみたいな別嬪がいて。信じられんわ」

「そりゃ、さっさと離婚すべきや」

老人たちは綾乃がいるにも拘わらず、ずけずけと話を続ける。

（ウソだろ……綾乃さんの相手、浮気したのかよ……）

信じられなかった。

こんなにキレイで明るい伴侶がいるのに、浮気なんて……。

（こんな奥さんだったら、絶対に浮気なんかしないのに……）

月並みだが、本当にそう思った。

「それにしてもホントに久しぶりねえ、雄斗くん。大きくなったわねえ」

あまり離婚話を聞かれたくないのだろう。

綾乃が話しかけてきた。

「そ、そうですね……十年ぶりぐらいですかね」

「こうやって話をするのも、いつ以来かしら？」

「話をするのなんて小学生の時以来だと思いますよ。だって中学、高校の頃の綾乃さんは高嶺の花だったから、声なんてかけられなかったですよ」

意外とあっさり言えた。

学生時代には絶対に言えなかった台詞だ。

「やだ。ウソでしょう？　そんなの……」

綾乃の手が止まった。

（あれ？）

うつぶせのままじっとしていると、しばらくして綾乃はまた腰を押してきた。

「雄斗くんだって、可愛らしくてモテてなかった？　特に年上に」

枕に顔をつけていた雄斗は、思わず「ぶっ」と噴き出した。

「そ、そんなことないですよ」

「そうだったかしら。私にもいろいろ優しかったじゃないの。子ども心に、すごく癒されたっていうか」

「そ、そんなことありましたっけ」

意外だった。

綾乃とは確かに小学生の頃はいろいろ遊んだが、特段優しくした覚えはなかった。ひそかに好きではあったけれど、逆にからかったりした覚えしかない。

（子どもの頃の記憶って、曖昧なものだな）

でも、綾乃が自分に好感を持っていたらしいことは、素直にうれしかった。

「次は仰向けになって」

言われて起きあがり、身体を回転させる。

仰向けになり、顔に目隠しの紙タオルがかけられた。

（なくてもいいのにな……）

一生懸命に施術する綾乃を見ていたかったなあと思って、ふいに目玉だけを動かして綾乃を探した。

（おっ……）

紙タオルの下のわずかな隙間から、綾乃のヒップが見えた。

かなり大きくて、白衣のズボンをピチピチに張りつかせている。

しかもだ。

白いズボンが薄手だからか、パンティラインが浮き出ていた。目をこらすと薄いピンクでレース模様までがはっきりわかった。

(くうう、ピンクのパンティなんて絶対に透けちゃうのに……)

中学生の頃に、綾乃のことは何度か妄想したことがある。

だけどキレイすぎて、まともにオナネタにはできなかった。汚すことすらためらわれるほどの美少女だったからだ。

(ああ、そんな昔の美少女の透けパンなんて、たまらないな)

もう頭がピンク色に染まっていた。

そんないやらしいことを思いながら、今度は両膝を曲げられて、体育座りのような格好のまま、ギュッ、ギュッと片足ずつ押されたのだが……。

(えっ!)

雄斗は紙タオルの下で、ハッと目を開けた。

脛のあたりに柔らかいものが押しつけられている。ふにょっ、として弾力のあるふくらみだった。

(……これ、綾乃さんのおっぱいだ……!)

おそらく懸命に施術をしているから、気づかないのだろう。

いや、もしかすると気づいているのかもしれないが、こうして体重をかけてやらないと、力のない綾乃では効かないのだろう。

「痛くない？　大丈夫？」

「は、はい」

声が裏返った。

当然だった。

綾乃は身体をしっかり密着させて、雄斗の股関節をほぐすように全身を押しつけてきている。

（おっぱい、気持ちいい……）

頬が熱くなる。

確かに股関節が伸ばされる感じで、効いている気がするのだが、そんなことはもうどうでもよかった。

綾乃の動きに合わせて、左右の腟に交互に押しつけられたふくらみがぐぐっと動く。

（で、でかいっ……それに弾み方がすごいっ……）

白衣越しだが、綾乃の乳房は温かく、そしてずっしりとした質感があった。

じっと意識を集中すると、綾乃の息づかいや温もりが伝わってくる。

綾乃もおっぱいを押しつけている感覚があるのだろうか、何か緊張しているような様子が伝わってくる。

少し目隠しの紙タオルがズレて、ぼんやりと綾乃の姿が見えた。

目の下がちょっと赤らんでいる。

恥ずかしいのだ。

「はい、次は台に腰かけてね」

綾乃のおっぱいが離れて、脚が伸ばされた。

(まずい)

股間がギンギンに昂ぶっている。

ズボンの股間をググッと持ちあげる感覚がある。

慌てて手で押さえるも、硬くなった肉棒は一向に衰えず、むしろ押さえつけたことで余計に大きくなってしまった。

紙タオルが外されると、綾乃と目が合った。

綾乃の顔が真っ赤だ。完璧に勃起を見られたのがわかった。

(ああ、静まらない。軽蔑されちゃう)

言われたとおりに台の端に腰かけるも、股間は昂ぶったままだ。

どうにもならない、そう思ったその時。

股間部分に大きなタオルがかけられた。綾乃がかけてくれたのだ。

「じゃあ、座ったままで。今度は爪先をほぐすわね。ここも効くから」

綾乃がしゃがんで爪先からギュッギュッと両手でほぐしていく。

（あ、綾乃さん……？　勃起見たよね、僕の……怒らないの？）

見て見ぬふりをしてくれたのだろうか。

綾乃の様子をうかがっていると、彼女は上目遣いにニコッと笑った。

（うう、き、キレイだ。キレイすぎる……）

タオルの上から股間を押さえながら、ぽうっとしていると、ようやく爪先の施術が終わって、綾乃が立ちあがった。

「どうかしら？」

言われて脚を動かしてみる。

痺れは治まってきているようだ。

スリッパを履いて歩いてみると、まだ少し痛みはあるが歩けないことはなさそうだった。

「歩けます。まだちょっと痛いけど」

「よかった。じゃあ、今週もう一回来てね。痛くなったら、いつでも連絡してきていいから。あと、最後に機械で伸ばすから、待合のところで待っていて」

「は、はい」

言われて戻ろうとすると、

「あ、それと……」

彼女は自然な感じで、すっと雄斗の耳元に口を寄せてきた。

「……だめよ。エッチなことばっかり考えてたら」

甘い声でささやかれる。

雄斗は顔を強張らせて、彼女の顔を見た。

綾乃はニッコリと微笑んで、何事もなかったかのように施術台の上を整え、次の人の準備をするのだった。

第三章　白衣にいじわるな指

1

（さむっ……）

雄斗は肩をすくめながら、空（から）になった発泡スチロールの箱とお皿を持って、実家が営む八百屋に戻っているところだった。

団地の棟と棟の間から吹き込む冷たいビル風が身に染みる。

先ほど美那子から久しぶりに配達の注文が入り、ウキウキした気分で、

（もしかしたら、またエッチさせてもらえるかも……）

と思って行ってみたら、

「今日はごめんなさい」

と言われて余計に寒さが身に染みることになったのである。

やはり、噂になるのが怖いとのことだった。

その理由もわかるのだが、それに加え、

「それと、帰るついでに四号棟の下の喫茶店に寄って、このお皿を返しておいてもらえないかしら」

と、使いっ走りみたいなことも言われ、気が滅入るばかりである。

(美那子おばさんがダメでもまあ、綾乃さんもいるし。綾乃さんは今、フリーなんだし、あの時、ちょっとだけ性的な話もできたし……)

と、心の中で強がってはみたものの、だ。

何度か整骨院に通って股関節はよくなる一方なのに、ふたりの距離は一向に縮まらない。

まあ当たり前だ。

柔道しか知らない、つい先日まで童貞だった男が、子どもの頃から知っているとはいえ、あんな美人を気軽に誘うことなんかできるわけがないのである。

そんなことを考えながら帰る途中、箒(ほうき)を持って七号棟まわりを掃除していた北村(きたむら)という顔なじみのおばさんに出会った。

「精が出るねえ、雄ちゃん」

北村は笑顔で声をかけてきた。

団地は顔なじみが多いが、おばさんとはずいぶん長い気がする。というか、雄斗が物心ついた頃にはすでにもうおばさんだったような気がする。

「別に手伝ってるだけだし」

「いやあ、よくやってるわ」

「おばさんの家にも、注文してくれれば配達するよ」

「ウチはええよ、旦那とふたりだけだから。運んでもらうほど数も必要ないし」

「いや、ネギ一本でも運ぶけど」

そう言うと、おばさんは、

「そんなことしてくれるんか」

と、驚いた顔をしていた。

団地中に「数量や値段を問わず配達します」とビラを入れたつもりだが、どうもまだ浸透していないようだ。

「あのスーパーができてなあ、あんたんとこも大変やろ」

北村が気の毒そうに言う。

実際のところ、本当にそうだった。

団地内の個人商店は、近所にスーパーができてから、売り上げは右肩下がりだった。

それに加えて高齢化である。

売り上げが悪いから、若い人が店を継がないという悪循環。

でも、それは責められない。現に雄斗も怪我をしていなかったら、八百屋を手伝うことなんてなかったのである。

そんな話をしていると、北村の知り合いらしい老婦人が歩いてきた。

ずいぶんと年のいった人だ。まあこの団地に住む主婦は、ほとんどがパートに出ているから、昼間は年寄りばかりなのだが。

「聞いたかい？」

その老婦人が、北村のおばさんに話しかけた。

「何がね？」

北村のおばさんが腰を叩きながら、尋ねる。

「矢永(やなが)さん、店閉めちゃうって」

「へえ。まああそこの倅は店を継がないって、言うてたしねえ」

「今年だけで二軒目やで、閉めるの。やっぱりスーパーできると厳しいねえ」

「仕方ねえなあ。今はスーパーも配達してくれるんやから、そりゃ小さい店じゃあ、かなわんわ」

団地内の個人商店としては他人事ではなかった。

今、団地内の商店で配達までしているのは、米屋とウチの八百屋ぐらいである。

雄斗は軽く頭を下げて、喫茶店に向かう。

子どもの頃はもっと商店街にも活気があった。

時代とはいえ、なんだか寂しい。

（そういえば、喫茶店もあの店だけになっちゃったもんな）

団地内の歩道を歩いていると、こぢんまりした店が見えてきた。

四号棟の一階にある喫茶店「ルッコラ」は、店のドアに営業中の札がかかっていた。

木製の大きなドアで、軒下に傘入れ用の大きな樽がある。

玄関先の小さな黒板に、ランチメニューとして、ナポリタンやオムライスといった喫茶店の定番メニューが書かれていた。

カフェというよりも、昭和の純喫茶そのものだ。

（そういえば、入るの初めてだな）

雄斗が子どもの頃からあるが、喫煙できると聞いていたので副流煙を気にして一度も入ったことはない。

玄関ドアを開けると、ドアベルがカランカランと大きな音を立てる。

「いらっしゃいませ」

ちょうど入り口のそばのテーブルを片づけていた店員が、ニコッと微笑みかけてくれて、おっ、と思った。

茶色のふんわりしたセミロングに、アーモンドのような大きな目が特徴的だった。

黒目が大きくてバンビみたいに可愛らしい。

彼女はテーブルを拭きながら、店内を見渡して、

「どうぞ、お好きな席に」

と、舌足らずな甘い声で言うので、雄斗はぽうっとなった。

(可愛いなあ。僕と同い歳くらいか、いや、少し上かな。でもそのわりに妙に色っぽいなあ。スタイルも……うわっ、すごい身体だ……)

赤いエプロンに、白いニットとロングスカートという落ち着いた格好だが、身体つきがムチムチしていてなんとも肉感的だった。

エプロンの胸に目が釘付けになる。

バストの盛りあがりは美那子以上に見える。半袖ニットから覗く二の腕のムッチリした感じもいい。

童顔なのに、首から下の熟れっぷりが半端なかった。

腰はくびれているから太っているわけではないのだが、なんというか、こういうのをまさに豊満ボディと言うのであろう。

「あの……？」

テーブルを拭き終えた彼女が、不思議そうにこちらを見ていた。

右目の下に泣きぼくろがある。厚めの唇も、ぷるんとしてセクシーだった。これらが、ロリ顔なのに色っぽさを醸し出している理由かもしれない。

「何かしら？」

彼女が首をかしげる。

「あっ、あの、これを返しに……十号棟の岡田さんから頼まれて」

雄斗は発泡スチロールの箱を足元に置き、白い皿を差し出した。

「これサンドイッチの……すみません、わざわざ届けてもらって」

「あ、いえいえ。配達のついでなので」

「配達？」

「あ、はい。あのウチは一号棟の八百屋なんで、団地内を配達してるんです」

雄斗がまた発泡スチロールの箱を持つと、彼女が「ああ」と思い出したように言った。

「じゃあ、堀口さんのところの、ええっと、雄斗くんね」

可愛い彼女に名を呼ばれ、一気に身体が熱くなる。

「僕のこと知ってるんですか？」

驚いて尋ねると、彼女は「ウフフフ」と優しい笑みをこぼす。無邪気で可愛いロリータフェイスだ。

「知ってるよお。私、雄斗くんのお母さんとお友達だしね。ウフッ。私は、安野(あんの)智香子(ちかこ)っていうの。よろしくね」

「へ？　ウチの母親と？」

「そうよ、たまにだけど、ふたりでご飯食べに行ったり」

ご飯？　五十過ぎたウチのおふくろと？

意味がわからない。

「お母さん同士が仲良いとかですか？」

と、訊いてみると、

「ええ？　やだあ、雄斗くん。私の年齢、間違えてない？　私、アラフォーのおばさんよ。結婚もしてるし。子どもはいないけどね」

「……え!?」

思わず二度見すると、智香子は楽しそうに笑った。

「ちなみに四十二歳よ。ウフフ。近くで見たら、おばさんでしょ？」

「え、いや……ええっ!?」

初対面の人を二度見するなんて失礼だと思うけど、大声を出すほど驚いてしまった。

にっこりと微笑む智香子の顔は、無邪気を通り越してあどけなさすら感じる。

（こんな可愛い四十二歳がいるなんて……）

信じられなかった。

美那子よりも四つ年上。雄斗とは十七歳も違うのだから、もう少しで母と子という関係も成り立つ年の差だ。

（ウソだろ……）

もう一度、彼女の顔を確かめる。

丸顔にクリッとした、やたら大きな目。

黒目がちで右目の下の泣きぼくろと、舌足らずでアニメの声優のような甘い声が特徴的。白い肌にはシワやくすみも見当たらない。

だが、童顔でも体つきは豊満だ。

つまり可愛くてエロくて、とても四十二歳には見えないという結論である。

「智香ちゃんは若いからなあ」

カウンターで新聞を読んでいた年配のおじさんが、目尻を下げて智香子を見ていた。おそらく常連なのだろう。彼女目当てで通っているのかもしれない。

「ねえねえ、いくつだと思ったの？」

智香子は近づいてきて、見つめてくる。

少女のような愛らしい表情だった。

（おおっ……！）

雄斗は、のけぞりそうになってしまった。

智香子の上目遣いが、なんだかくすぐったいくらいに可愛らしくて、キュンとなってしまったのだ。

「に、二十代とか……」

智香子が「ぷっ」と噴き出して、口に手をやって楽しそうに笑った。

「二十代？　そうなんだ。私、ミニスカートとか穿いちゃおうかなあ」

スカートをぴらっと横に広げながら、また目を向けてきた。

同世代の女性に感じる甘酸っぱい恋心を、十七も年上の四十二歳の人妻に感じてしまうとは思わなかった。

しかもだ。

恋をしたのは、ルックスに対してだけではない。

エプロンの下に隠れたバストの盛り上がりが、ふわふわと柔らかそうなのだ。

（マシュマロボディにロリータ顔の人妻か……反則だろ）

赤い顔をしていると、カウンターで別の客が「智香ちゃん」と名を呼んだ。

「あ、ごめんなさいね」

智香子が客のところに行く。

スカートに悩ましい尻の丸みが浮かびあがっている。

華奢（きゃしゃ）な腰つきなのに、尻肉は震いつきたくなるほどムッチリしていた。

（ああ、やっぱり人妻だな……お尻が大きいや）

智香子が接客をしているのを見ていると、いつの間にか喫茶店のマスターらしき店主が、カウンターの向こうで豆を挽きはじめた。

（旦那さんかな？　夫婦でやってるんだ）

智香子が注文を取り、できあがった珈琲を客に出した。

狭い店内に客はまばらだが、みな常連のようだった。というよりも、こいつらみんな智香子目当てではないかと勘ぐってしまう。

「あ、じゃあ、また……」

もう少し話していたいけど、仕事の邪魔だろう。

今度また来ようと思っていると、

「お母さんによろしくね」

智香子がニッコリと微笑んで、小さく胸のあたりで手を振ってくれる。

またその仕草が可愛い。たまらなかった。

真面目に配達するもんだなあと、雄斗は美那子のことも綾乃のことも忘れ、智香子の愛らしさを思いながら店を出た。

現金なものである。

2

「ねえ、雄斗。頼みがあるんだけど」

片瀬整骨院に行こうと玄関で靴を履いている時、母親に呼びとめられた。

「何？　今日の配達はもうないって……」

振り向いて言うと、母親はエプロンで手を拭きながら続ける。

「違うわよ。今度の会合にあんたに出て欲しいのよ。ほら、団地の商店街の」

「ええっと……なんだっけ。ああ、夜みんなで集まって酒飲むやつ？」

確か二ヶ月に一回、商店街の店主や従業員たちが集まって、居酒屋などで飲んでいると聞いたことがある。

「遊んでるわけじゃないわよ。一応、仕事の話もするし。あんた、私の代わりに出てくれない？」

「ええ？　いやだよ」

靴紐を結びながら、雄斗はきっぱりと断った。

何が哀しくて、両親と同世代のおっさんおばさん連中と飲まなきゃいけないのだ。

「そんなこと言わないで出てよ。私も智香子ちゃんと久しぶりに飲みたかったから行きたかったんだけど、用があってね」

聞き捨てならない名前が出てきて、雄斗は立ちあがる。

「智香子さんって、あの喫茶店の？」

「あんた知ってるの？　そうよ、八号棟の奥さん。パートで働いてるのよ」

「パート？　喫茶店の人じゃないんだ」

「旦那さんは銀行員よ。営業だから出張も多くて、私もあんまり会ったことないんだけど」

雄斗は頭の中で素早く考える。

（あのロリ顔の可愛い奥さんか。ちょっとでも話ができたらうれしいけど……）

期待しているわけじゃないけど、あの大きなおっぱいは、見ているだけで目の保養になると、雄斗は心の中でほくそ笑む。

「すぐ帰ってきていいんだよね」

「いいわよ。顔だけ出して、佐々木さんに挨拶したら帰ってきちゃっていいから」

佐々木というのは、商店街の自治会長だ。

ということで、智香子をお目当てに会合に出ることにした。

整骨院までの道すがら、ぼんやりと冬の寒空を見あげながら考える。

（よかったよなあ、智香子さんか……）

エプロンを押しあげるあの柔らかそうなバストは、まさにはちきれんばかりという表現がふさわしいほど圧倒的だった。

ＡＶを見まくっている雄斗からすれば、バストは九十五センチ、でもウエストは六十センチくらいに見えた。ということは、Ｇカップくらいはありそうだ。

（四十二歳かあ。それであの可愛らしさは反則だよなぁ）

綾乃とはまったくタイプの違う美人だから、困りものである。

そんなことを考えながら整骨院に行くと、ドアが閉まっていた。

看板には五時からとある。休憩中らしい。

ポケットからスマホを取り出して時間を見ると、あと五分で夕方の営業再開だ。

待ってればすぐだなと、何気なくガラス戸を見る。

整骨院のガラス戸は内側からカーテンで閉められていたが、隙間があった。ちらっと中を見ると、薄暗い院内に綾乃がいた。

ただ、ひとりではなかった。

もうひとり、見知らぬ男がいる。

男はまあまあの顔立ちだが、なんとなくチャラそうだ。三十代ぐらいかなと思って見ていると、男がいきなり頭を下げた。

（ん？　なんだ？）

まわりに人がいないことを確認し、聞き耳を立てる。

「綾乃、戻ってきてくれよ……あれは浮気じゃなくて……」

なんとかそこだけは聞こえて、ピンときた。

あれは別れた旦那だ。おそらく。

ということは復縁を迫っているのだろうか。

こっそり見ていると、男は頭を上げるなり、いきなり綾乃を抱きしめた。

そして次の瞬間。

間髪容れずに綾乃の唇を奪った。

突然の出来事だ。雄斗は「ええ？」と驚いて目を剝いた。

綾乃は抵抗したものの、わずかにうっとりしたようにも見えたのだ。だがすぐに我に返ったのか、両手でドンと男を突き飛ばした。

男がよろけながら言う。

「なんだよ。寂しいんだろ。言いふらしてやろうか。寂しいと誰とでも寝る女だってな」

（ええっ⁉）

これはひどい、と思ったが、綾乃は何も言い返さなかった。

唇を嚙みしめて、わなわなと震えている。

（どうして否定しないんだ？）

あの綾乃が、そんな奔放なわけがない。

だけど、綾乃は反論せずに、

「帰ってくださいっ」

と叫んで、うつむいてしまう。

男はしばらく何かを話していたが、諦めたようにこちらの入り口ドアに向かって歩いてきた。

（やばっ）

逃げようと思っても遅かった。

男はドアを開けて、チラッとこちらを見てから足早に去っていった。

「雄斗くん……」

綾乃も入り口から出てきていた。

（まずいな。こっそり覗いてたこと、バレちゃった）

バツの悪い顔をしていると、顔なじみのおばちゃんたちが集団でやってきたから、綾乃は何も言わずに中に戻っていった。

中に入って待合スペースで待っていると院長が戻ってきて、婆ちゃんたちを呼んで施術をはじめる。

雄斗は待合の椅子に座り、綾乃を見ていた。

彼女は赤い目をしたまま時折、哀しげな顔をしていた。振りまく笑顔にも、なんとなく、ぎこちなさが残っているようだ。

「なんやら、元気がないねえ、綾乃ちゃん」

隣に座るおばさんが、めざとく見つけて雄斗に話しかけてきた。

「そ、そうですかねえ」

雄斗は空とぼけて相づちを打つ。

「そうよお。ここのところ、ずっとそう。旦那に浮気されたっていうから、つらいのもわかるけどねえ」

おばさんはデリカシーも何もなく、ストレートに言ってくる。

もう少しオブラートに包んでよと、雄斗は心の中で突っ込むが、おばさんはどこ吹く風だ。

「あれは、欲求不満ね」

トーンを落として、おばさんが言う。

下世話なワードが出てきて、雄斗は眉をひそめる。

「よ、よっきゅう……？」

「そうよお。まだ二十七歳でしょ。旦那と別れて寂しいんじゃない？」

おばさんが楽しそうに言う。

（よ、欲求不満？　綾乃さんが……まさか……）

しかし「寂しい」というワードは心に引っかかる。

《寂しいと誰とでも寝る女だ》

元旦那の罵声(ばせい)が、頭をよぎる。

（まさか……綾乃さんに限って……）

しかしそういう目で見ると、綾乃の白衣のズボンの腰つきが、いつもよりもいやらしい気がした。

ヒップの丸みが、男に触ってもらいたがっているようにさえ思えてくる。

「ねえ、あんたまだ若いんでしょ。身体は大きいけど、顔はまだあどけないわよね」

おばさんが突然こちらに話を振ってきた。

「僕ですか？　二十五ですけど」

「若いねえ。あんたが綾乃ちゃんの欲求不満を解消してあげたらいいのに」

「へ？」

思わず大きな声が出て、慌てて口をつぐむ。

すると院長が施術しながら、ひょいと顔を向けてきた。

「ああ、雄ちゃん、いたんだな。今日も綾乃にやってもらって」

院長が言うと綾乃が、

「雄斗くん、いい？」

と訊いてきたので、お先にとおばさんに言って立ちあがった。

「どう？　調子は？」

綾乃は訊きながら、施術台にうつぶせになるように指示してくる。

雄斗は言われたとおりに顔を下に向けて、両手を下げてうつぶせになった。

「だいぶよくなりました」

「そう。よかった。じゃあ、いつものように腰からね」

綾乃が腰を押してくる。

まだくすぐったいけど、最初に比べたら、ずいぶんと揉みしだく手の動きが慣れてきたように感じる。

指はしなやかでほっそりとしているが、しっかりと体重が乗っていて、筋肉が張っているところをちゃんと押してくれるのだ。

（気持ちいいな……）

枕に顔を押しつけているのがつらくなってきて、顔だけ横に向けた時だった。

（おおっ……）

目の前に、綾乃の白衣ズボンを穿いた下半身があった。

太ももがムチムチして、なんとも柔らかそうだ。

彼女が施術の手をとめて後ろを向くと、また白いズボンの尻部分は、パツパツに盛りあがっていた。

（ま、また透けパンしてるっ……）

色はわからないが、レースパンティがうっすらと透けて見えている。おそらく白かベージュの地味な下着なのだろう。

マンモス団地の元人妻は、凜とした美人なのにやはり無防備だ。

(欲求不満だから、わざと見せてたりして……まさかな……)

そんな邪なことを思っていた時だ。

「さっきの……あれね、元の旦那なの」

施術しながら綾乃が小声で言った。ドキッとした。

「は、はあ……」

「浮気したくせに、もう一度やり直そうなんて、虫がよすぎるでしょ。それに、私にもひどいこと言って……」

珍しく綾乃が怒っていた。

だけど、

(じゃあ、なんで言い返さなかったんだろ)

元旦那のひどい言葉を頭の中で反芻する。

《寂しいと誰とでも寝る女だ》

いや、そんなわけがあるかと頭の中で否定しつつも、二週間ぐらい前に股間をふくらませてしまい、やんわりと注意されたことを思い出してしまう。

「そ、そうですよね」

そう返して、うつぶせの不自由な体勢のまま、肩越しに綾乃を見た。

びっくりした。

彼女が目尻に涙を浮かべていたからだ。

（あ、綾乃さん……）

ここで抱きしめてあげられたらいいのだが、残念ながらそんな場所でも、そんな関係でもなかった。

だけど。

慰めてあげたかった。

「あ、あの……綾乃さん、僕……」

続けて、

「綾乃さんはそんな人じゃない」

と、言おうと思った時だった。

起き上がりつつ振り返ろうとした拍子に、綾乃の太ももに左手が触れてしまった。

3

（あ、やば）

慌てて手を引っ込める。

まったくの不可抗力だったが、綾乃はちょっとビクッとして、しばらく施術の手をとめてしまった。

（綾乃さん、ワザと触ったと思ってる？）

雄斗は気まずくなって、じっとしているが、綾乃は施術台の脇に立っているだけのようだった。

「……今度は仰向けになって」

ようやく綾乃が言う。

雄斗は起きあがり、彼女の顔を見ると、目の下が恥ずかしそうに赤く染まっていて、ちょっと戸惑っているような顔をしていた。

（いや、違うんです。わざとじゃないんです）

と、弁解しようと思ったけど、そんなことを言えば、余計に意識していると思われてしまいそうだ。

（まいったな……）
仰向けになると、いつものように顔に紙タオルを載せられる。
そうして彼女の手が雄斗の鼠径部に触れる。
うっ、とビクついて、そのまま手が動いてしまった。
また彼女の身体のどこかに手が当たった。
すると綾乃がビクンッとして、
「あっ……」
と、小さく声を漏らす。
（えっ、何？　今の声……）
感じたような声だった。
だが綾乃は雄斗に注意する様子もなく、普通に施術を再開する。
（今……ど、どこに手が当たったんだろ……）
感覚的には……内もものあたりな気がする。
綾乃は鼠径部を押してくれているが、手の動きが妙にぎこちない気がした。
（意識してる……？　僕が触ったこと……）
そう思うと股間がムズムズしてきた。

（やば、また大きくなる……）

股間のふくらみを見せたら、またやんわりと怒られそうだ。

恥ずかしいけど、ちょっと股間に手をやって、肉竿の位置をなんとか調整しようとした時だ。

また股間部分にタオルがかけられる。

（え？）

雄斗は紙タオルの隙間から、綾乃を見た。

顔が真っ赤だった。

そして……。

何も言わないことが、肯定しているように思えた。

《寂しいと誰とでも寝る女だ》

また、あの元旦那の言葉が頭をよぎる。

雄斗の理性が崩れはじめた。

（もしかして、このまま手を動かしたら……）

よからぬ妄想が、雄斗の頭の中でふくらんでいく。

いけない、と思うのだが……。

《あんたが綾乃ちゃんの欲求不満を解消してあげたらいいのに》

そんな言葉がくるくると頭の中を駆け巡り、気がつくと、もう右手が綾乃の太ももにそっと触れていた。

だが……。

やはり、綾乃はいやがってはいなかった。

紙タオルの下のわずかな隙間から綾乃の表情を見ると、チラッと雄斗のイタズラする手を一瞥したただけで、顔を赤らめながらも施術を続けている。

（綾乃さん、いやがってない……い、いいの？）

衝立の後ろでは、院長とおばちゃんたちが談笑している。それなのに、雄斗は綾乃の太ももをいやらしく撫ではじめた。

鼓動が速くなり、耳がキーンとなってきた。

（こんなことしたら……いけないんだ。でも……）

わかっている。

だけど理性では興奮を止められない。

雄斗は欲情を孕んだ手を大胆に動かした。熱い手のひらが、綾乃の太ももから尻へと這っていく。

「あっ……」

綾乃は思わず声をこぼす。

しかし、その声は院長たちには聞こえなかったようだ。

顔にかけられた紙タオルの下の隙間から見れば、綾乃の瞳がじゅんと潤んで、
眉間に悩ましいシワが刻まれていた。施術の手がわずかに震えている。

(こ、これは……触って欲しいのか？)

思い切って、太もものあわいに手を差し入れる。

「んっ……」

とたんに鼠径部を押す手の動きがピタッとやみ、綾乃は恥ずかしそうに、ギュッと雄斗の侵入した手を太ももで挟み込んだ。

(うわわわわ……)

綾乃の太もものしなりと温もりが、しっかり手のひらに感じられる。

手を動かすと、さらにギュッと太ももで手を締めつけられる。

そして……綾乃の息づかいが乱れてきた。

(やっぱり、触って欲しいんだな)

思い切って、そのまま手をゆっくりと上に動かしていく。すると綾乃の股間の

柔らかな肉を感じた。

（うわっ、これ……おまんこ……綾乃さんの……！）

ズボン越しだが、間接的に綾乃の陰部を触っている。

猛烈に興奮した。

さらに手を動かすと、

「うっ……んっ……」

彼女は吐息を漏らし、腰を震わせる。

綾乃の施術する手はもう止まったままだった。

（熱い……綾乃さんのアソコが……）

指を動かすと、ぐにゅっとした柔肉をつぶすような感触があり、それがやけに淫らな熱をまとっていた。

もう、完全にイタズラ行為だった。

それはもちろん綾乃にも伝わっているはずで、だが、彼女はいやがらずに受け入れている。

紙タオルの下の隙間から見ていると、彼女と目が合った。

大きなアーモンドアイが妖しく細められて、うるうると潤んでいた。

その表情を見た瞬間に、カアッと身体が熱く火照った。もう全身の血がたぎっていくようだった。

人差し指と中指の二本の指で、ズボン越しに綾乃の股間を撫でさすった。

「くっ……」

綾乃がビクッとした。

驚いて震えたのではない。

美那子がイッた時と同じような、女体の淫らなうねりだった。

(か、感じてるっ……綾乃さんっ、感じてる……)

心臓がドクドクと音を立てて、全身が熱くなっていく。

さらに指を動かすと、

「んふぅん……」

綾乃が淡い吐息を漏らして、そのまま倒れ込んできた。

(えええ……!?)

ハアハアと息づかいを荒くして、綾乃は雄斗にしがみつくようにして、必死に声を押し殺している。

たまらなかった。

さらにしつこく股間をなぞる。

すると、

（えっ？　なんか……し、湿ってきてないか？）

綾乃のズボン越しの媚肉が指に押されて、ぐにゅうとめり込んでいく感触があった。

しっとりしているからだろう。

ズボン越しにも綾乃のワレ目が、はっきりと感じられた。

その狭間を、さらにギュッと指で押し込むと、

「あんっ……」

耳元で綾乃の高い声が響き、雄斗にしがみついたまま、ビクンッと腰を震わせる。

まわりの様子をうかがう。

談笑がまだ続いている。

淫靡なイタズラはバレていないようだ。

（ああ、すごい……あの真面目で凜とした綾乃さんが、こんなにもいやらしい反応を見せるなんて……）

もう夢中だった。

さらにしつこく亀裂をなぞり、しっとりと濡れていく肉を、ズボンの上から愛撫しまくった。

「う、ううん」

悩ましい声があふれ、綾乃の腰がわずかに震えている。

さらに肉溝の下部をなぞると、

「う、うく……！」

綾乃の震えが大きくなり、ギュッと雄斗にしがみついてきた。

（えっ……？　まさか）

そのまま綾乃は「んんっ」と声を漏らして、腰をぶるるっと、震わせた。

（イッた……のか？）

綾乃はハアハアと息を荒らげてから、ゆっくりと身体を起こし、汗ばんだ顔を手で拭う。

そして……綾乃に顔の上の紙タオルを外された。

開けた視界で見ると、綾乃の顔が恥辱(ちじょく)で真っ赤に染まっていた。

（今の……何？　どうして……こんなイタズラを許してくれたの？）

訊こうとしたら、綾乃はちらりとこちらを見てから、

「はい、どうぞ。終わりました」

と、赤ら顔で言いつつ、すっと向こうに行ってしまう。

残された雄斗は、施術台の上でゆっくりと身体を起こした。

指にはまだ、綾乃の股間の温もりが残っていた。

第四章　可愛い美熟女

1

次の施術の時の綾乃の態度は、なんともぎこちないものだった。

というよりも、こちらもどう接していいかわからなくなって、ぎくしゃくした態度になってしまった。

《寂しいと誰とでも寝る女だ》

元旦那の言葉がどうしても頭に引っかかる。

綾乃が施術中に淫靡なイタズラを受け入れたのは、寂しさを埋めてくれる男なら誰でもいいからなのか？

そんなことを考えてしまうと、綾乃に対してちょっと幻滅したような気持ちになってしまう。

でも団地の人妻とセックスした自分が、綾乃にとやかく言える立場でもない。

そんなことを思いつつ、団地の商店街の前を歩いていく。

（さむっ……今日も寒いなあ）

北風が棟と棟の間から吹きつけてきて、雄斗は小さく震えた。

見あげれば、どんよりした冬空。心なしか団地全体が寂れた景色に見えてしまう。

（綾乃さんのところの整骨院も、ウチの八百屋も、いつまで続けられるんだろう）

ここは変わらないが、団地の外の街の景色は数年毎に変化していく。

はあ、と、ため息をついてジャンパーの前をかき合わせて歩いていると、前から両手にたくさんの荷物を持った女性が歩いてきた。

智香子だった。

（ああ、智香子さん。やっぱり四十二歳には見えないよ。可愛いなあ）

茶色のふんわりしたセミロングに、優しげな大きな目、そして色っぽさがぐんと増す右目の下の泣きぼくろがキュートだった。

丸顔でぷくっとしたアヒル口。美人というより可愛らしいロリ顔で、それなのに、首から下の圧倒的なムチムチ感は、もう存在そのものがいやらしいといわんばかりだった。

「あら、雄斗くん」

彼女も気づいて、ニッコリと微笑んでくれる。

かなり荷物が重そうだったので、雄斗は慌てて駆け寄った。

「すごい荷物ですね。大丈夫ですか？　持ちますよ」

「えっ、いいのに」

「いえ……図体のでかさと力には自信ありますから」

胸を張ると、智香子は笑った。

「じゃあ……いいかしら。これ、あなたのお店で買ったのよ」

「え、そうなんですか？」

見れば確かにビニール袋の中には野菜がたくさん入っていた。

「ありがとうございます、たくさん買ってもらって」

「うん、ちょっと久しぶりに料理を張りきっちゃおうかなって」

ふんわりと笑う人妻に、うつうつとしていた心が熱く火照る。

Vネックのニットと、シフォンのスカートという清楚な服装が、可愛い人妻によく似合っていた。

そして、やはり胸は大きかった。

（可愛くて癒やし系で、しかも巨乳の熟女なんて最強じゃないか）

こんな奥さんがいたらなあと、また綾乃のことを考えつつも、智香子の住む八号棟の入り口まで荷物を持っていった。

ここでいいと言うが、せっかくだからと四階まで運んだ時だった。

荷物を手渡そうとした時、智香子がふいにスマホを取り出した。

画面を見ている彼女の表情が、みるみる沈んでいくのが、雄斗にもはっきりわかった。

「あ、あの……」

深刻そうだった。

立ち入らない方がいいかと思い、雄斗は智香子に荷物を差し出した。

彼女はそれを受け取らずに、

「はあ……」

と深いため息をつき、目尻に涙を浮かべた目を向けてきた。

「……ウチの人からＬＩＮＥ（ライン）がきて……今日は飲んで帰るから、ご飯はいらないって」

「えっ……いきなりそれはキツいですね。こんなに買ったのに」

今までウキウキしている様子を見ていただけに、智香子のやりきれなさはよくわかった。せめて買い物をする前に言って欲しかったはずだ。

彼女は潤ませた瞳で、堰を切ったようにまくしたてた。

「いつもそうなのよ。ほとんど毎晩、食べてくれないし、たまに食べると言ってもこんな調子で食材を余らせて……私のことなんて……」

いきなり智香子が「えっ、えっ」と、嗚咽を漏らしはじめたので雄斗は慌てた。

四十二歳と年上ではあるものの、泣き方も可愛いからドキッとしてしまう。

（まいったな……）

しかも部屋の玄関先である。

向かいの棟から、この様子が丸見えなのだ。

おかしな噂が立つのはまずい。

「あ、あの……智香子さん。とりあえず玄関に荷物を入れましょうか、ね」

自然と名前を呼んでいたが、そんなことを気にする余裕などなかった。

重い荷物を持って、鉄製の玄関ドアを開けて中に入る。

間取りは同じだが、キレイな玄関だった。

夫婦ふたりきりだから、同じ団地の狭い玄関でも、こんな風に整理整頓できるのだろう。

玄関の廊下に荷物を置いた時だった。

（えっ！）

いきなりうしろから智香子に抱きつかれて、心臓が止まりかけた。

腰の上あたりに、重たげで柔らかいものが押しつけられている。思わず唾を飲み込んだ。

「お、奥さん……あの、智香子さん？」

「ごめんなさい。少しだけ、このままで」

抱きついたまま、彼女が震えている。

嗚咽が聞こえてきて、雄斗は大きな身体でじっと立っているしかない。

（ど、どうしよう……）

このまま時間が経てば、少し落ち着いてくれるだろうか。

だが……。

「ねえ、雄斗くん」

か細い声で、彼女が背中越しに問いかけてきた。

「は、はい」

「……この前、喫茶店で会った時、私のこと、二十代かと思ったって言ってくれたわよね」

「え？　ええ……」

「こっちを向いて」

智香子が背中から離れる。

雄斗が大きな身体で振り返った。

目が合って、うっ、と思った。

というのも、泣きはらした目をした智香子がいじらしくて、そして色っぽかったのだ。

（か、可愛いっ）

瞳を潤ませるキュートなロリ顔は、どう見ても四十二歳とは思えぬあどけなさだった。

右目の下の泣きぼくろが、誘っているようにしか見えない。

そして……可愛らしい顔の下の、柔らかそうなボディラインと、たわわに実った大きなおっぱいが目の毒過ぎた。

Vネックのニットがなんとも窮屈そうで、せめぎ合う乳房がぽろんとこぼれ出そうになっている。

智香子は恥ずかしそうに、口を開いた。

「私ね、四十二歳のおばさんだから、雄斗くんにとって恋愛対象外だってわかってる。でも私……今だけでいいの。お願い」

正面から抱きつかれた。

人妻の甘い匂いが、ムンと漂う。

（くうう……こ、これって……）

抱いて欲しいってことだよな。

さすがに経験の少ない雄斗でも、ここまで積極的に迫られたらわかる。

彼女は、雄斗に寂しさを紛らわして欲しいと言っているのだ。

信じられなかった。

四十二歳でも、二十代にしか見えない若々しくて愛くるしい美貌だ。それに熟れた身体の抱き心地も、柔らかくてムチムチしている。

ひかえめにいって、奇跡の美熟女だ。

（ウ、ウソだろ……僕が、こんな可愛い奥さんを抱くなんて）

おそらく、いつも旦那に冷たくされているのだろう。

日頃からまったく大事にされていないという、溜まりに溜まった不満が爆発したに違いない。

ということは、だ。

この上ないラッキーに遭遇したことになる。

（綾乃さんのこと、非難できないな……）

先ほどまでいろいろ考えていたけれど、やはり目の前でアンニュイな団地妻に誘惑されたとなると、もうそのことしか考えられなくなってしまう。

「あ、あの、奥さん……」

「智香子でいいわ」

抱きつきながら、智香子が言う。

「智香子さん……あ、あの……ホントに、い、いいんですね」

顔を火照らせながら、雄斗は唾を飲み込んだ。

彼女は潤んだ目を伏せて、小さくコクッと頷いた。目の下が赤く染まり、泣きぼくろが、ひときわ男の欲情を誘ってくる。

（くううう、可愛いっ……なのに、エロいっ）

服の上からでもわかるたわわな巨乳を押しつけられて、その重量感に雄斗は呆気（あっけ）にとられてしまう。

ロリ顔とグラマーなボディのアンバランスさがいやらし過ぎる。

「雄斗くん……私でいい？　いいなら、躊躇しないで」

彼女の黒目がちな目が濡れていた。

顔が熱い。

まともに見られなかった。

「大丈夫？」

ウフフ、と笑われて背中をさすられた。

「だ、大丈夫です。ただ、僕……そんなに経験なくて……」

正直に言うと、彼女は、小さくはにかんだ。

「ホントに？　ウフッ。じゃあ今、いろんなエッチなこと考えちゃってる？」

「え！　あ、ま、まあ……」

智香子の大きなアーモンドアイが細められる。

「じゃあ、その考えてること、私にしていいよ」

「えっ⁉」

「ウフッ。好きなようにしていいってこと」

刺激的な台詞に、頭の芯が飛んだ。

雄斗もギュッと豊満ボディを抱きしめる。

「い、いいんですね。恥ずかしいこと、いっぱいしますよ」

「ウフフ……いいよ。いっぱいして、今日だけは……」

耳元で甘くささやかれて、雄斗は勃起した。

ヒップやバストは十分に熟れきっていて、四十路過ぎの人妻の色香が匂い立つようだった。誰かに触って欲しくてたまらない、という女盛りの欲情がその肉感的なボディから漂ってくる。

智香子はすっと雄斗のうなじに手をまわして、抱き寄せた。

ゆっくりと唇を重ねてくる。

「……うんんっ！」

ぷにゅっとした感触に、雄斗は目を見開いた。

（いきなり……キスなんて……）

彼女は両手で頬を挟み込みつつ、チュッ、チュッ、と、ついばむようなキスをしてくる。

「ンフ……」

彼女は目を開けて、唇を押しつけながら笑みを見せてくる。

間近で見ても美しかった。

それに智香子の吐息はミントのように爽やかで、うっとりしてしまう。

(智香子さん、可愛い……あっ)

雄斗はビクッと震えた。

「ぅんんっ……ぅんんんっ……」

ぬるり、と人妻の舌が口内に差し込まれてきたからだ。

(うわっ、す、すごい……舌が……)

智香子の舌が、優しく雄斗の口中を這いまわった。唾をねっとりと塗りつけられ、呼気が混ざり合う。

(甘いっ……智香子さんの唾……)

こくっと喉を鳴らして智香子の唾液を飲み込むと、一気に昂ぶりが増していく。

チュクッ……チュッ……チュプッ……。

智香子は音を立てて雄斗の口中を舐め尽くし、そして奥にある雄斗の舌にからめていく。

(ああ、こんな可愛い奥さんと、ディープキスしてる……)

美那子よりも、智香子のキスは積極的だった。

よく動く舌が、ヌルヌルと雄斗の舌にこすりつけられて、唾液をじゅるると音を立てて吸いあげられる。

「ウフッ……雄斗くんも、飲んで……」

唇を外し、舌足らずな声でささやかれる。

と、すぐまたチューを繰り返してきて、くちゅ、くちゅと淫靡な音を立てながら、とろみのある唾液を口移しに流された。

「んんっ……！」

びっくりするも、温かくて、甘い唾をこくっと飲み下す。

(あああ……なんてエッチなキス……可愛いけど、四十二歳だもんな)

四肢の先までジンと甘い痺れが広がり、無性に押し倒したくなった。

「ウフフ、うっとりした顔して。可愛いね」

キスを解いた智香子の、優しげな瞳が母性を感じさせる。ロリ顔だけど、ママのような包み込む包容力がある。

「いこ」

智香子が恥ずかしげに、ギュッと手を握ってくる。

雄斗はもう綾乃のことも忘れて、期待に胸をふくらませてしまうのだった。

2

そのまま寝室に連れて行かれた。

六畳間に、木製フレームのシングルベッドが並んでいる。

ダブルベッドが置いてあるよりも、生々しさは薄れていると思うが、それでも夫婦の寝室という淫靡な雰囲気が濃厚に漂っている。

(寝室でするんだ……)

白いシーツと、少し乱れた掛け布団が、夫婦の閨(ねや)だということを強烈に意識させてくれる。

(人妻と寝室で抱き合うって、スリルと興奮がたまらない……)

智香子が先にベッドにあがる。

雄斗も緊張したまま、ベッドにあがった。

すでにズボンの中では、男根が痛いほど突っ張っている。

「雄斗くん……ウフフ。どうしたいの？」

智香子がすっと身を寄せてきて、目を細めて優しく見つめてくる。

右目の下の泣きぼくろが、震えるほどの欲情を誘ってきた。

「あ、あの、あの……見たいです。は、裸を……」

美那子は恥ずかしがって、あまり見せてくれなかった。

だから咄嗟に言ってしまったのだが……。

「見るだけでいいの？」

智香子が悩ましげな上目遣いをする。

「い、いや……あの。いろいろ教えて欲しいです」

寂しさから智香子が誘ってきているのはわかっている。そう何度もあるわけではない。

それならば。

男として、ステップアップしたい。

正直に言えば、いろいろやりたいことを試させてもらって、女体の扱い方を学びたい。そんな余裕が自分にあるかどうかはわからないが、とにかく美那子おばさんでは、できなかったことをしたいと思う。

「ウフッ。いいよっ……秘密は守れるわね」

智香子がどうぞ、とバンザイしたので、雄斗は震える手でニットの裾をたくしあげて、そのまま脱がせる。

と、目の前に、ぶるんっと、ド迫力のおっぱいが露出した。

(で、でかいっ。なんだこりゃ)

小玉スイカほどの大きさのふくらみが、巨大なコーラルピンクのブラジャーに支えられている。

フルカップのブラジャーの上端から覗く、柔らかそうな乳肉。

お尻みたいなバストの深い谷間。

少し動くだけで、ぶるるんと揺れる、もっちり具合。

「ううっ、すごい」

興奮で、声がうわずった。

有り体に言えば、肩や背中にもたっぷりと肉がついていて、太っているわけではないが、智香子はおばさん体型だった。

だがそのムッチリ具合が、妖艶たるエロスを感じさせる。

酸いも甘いも経験した熟女らしい迫力のボディが、柔らかそうでいやらしいのだ。

ズボンの中で、屹立が痛いほどにふくらむ。

その盛りあがりを、智香子はちらっと見た。

「あん、そこがすごいことになってるね……ウフフ、私ね、おっぱいは大きいけど、実はあんまり自信ないのよね」

上半身ブラだけのムッチリした肢体を揺らし、智香子が笑う。

雄斗の目は血走り、ハアハアと息があがる。

「ち、智香子さんっ。あの……す、少しだけ、触っても……」

哀願すると、智香子は、

「いいわよ。痛くしないでね」

正座していた智香子は立ち膝で近づいてきて、雄斗に胸を寄せる。

少し動いただけで、ゆったりと揺れるほどの大きさだ。雄斗は手を伸ばして、ブラ越しのおっぱいに触れた。

「や、柔らかいっ……も、もっといいですか？」

智香子は恥ずかしそうにコクンと頷いた。

雄斗はわずかに指を食い込ませて、もみもみと揉みしだく。

「んっ……」

智香子がぴくっと震える。

次第に興奮してきて、ブラから乳房がこぼれんばかりに激しく揉みしだいていると、乳輪がハミ出して見えてきた。

(乳輪も、すごい大きいっ……)

鼻息が荒くなる。理性がなくなる。

雄斗はブラカップの中心部を強引につかんで、グイと押しあげようとした。

「あっ、ちょっとっ、ブラが壊れちゃうでしょ」

智香子は「めっ」と注意すると、くるっと後ろを向き、セミロングの髪を肩から前に流した。

「いいよ。ブラのホック外して」

言われて、震える手でホックを外す。

「あんっ……」

ブラが外れて、智香子が小さく声をこぼした。

そのまますするっとブラジャーを外すと、智香子の小顔と同じくらいのふくらみのナマ乳房がこぼれ出て目が血走った。

Gカップはあるだろう。

すさまじい重量感と、大きな乳輪がエロすぎた。

ずっしりとした重たげなおっぱいは、さすがに下ぶくれしていて、垂れ気味ではある。

ふくらみのかなりの面積を占める乳暈は、薄いピンクだ。

乳首も大きかった。

何よりも、キュートなロリ顔と、熟れきった巨大なバストのアンバランスさが、ぞくぞくするほど淫靡だった。

「あんっ、そんなに見ないでっ」

智香子は恥じらうが、雄斗が呆気にとられている様が、うれしそうだった。

雄斗は欲望のままに手を伸ばして、智香子のふくよかなふくらみをじっくりと揉んでいく。

ぐにゅうとつぶれるほど柔らかな感触は、美那子の時とはまた違った。

(す、すげっ……)

手のひらをいっぱいに広げて揉みしだき、下からすくうようにたぷたぷと震わせたりする。

するとｌ、

「ん……」

智香子が目をつむり、色っぽい吐息を漏らしはじめる。

(美那子おばさんよりも、おっぱい全体が柔らかい)

弾力は三十八歳に負けるものの、しっとりと指に吸いつく揉み心地は、四十二歳の智香子の方が上だと感じた。

(同じ団地の奥さんたちのおっぱいを比べるなんて……)

といっても、比較できるのが美那子だけなのだから仕方がない。

さらに重たい乳肉を揉みしだくと、智香子は座っていられなくなるほど、のけぞった。

雄斗は智香子をベッドの上に押し倒し、左右の乳房を両手で挟み、真ん中に寄せた。

すると、ふたつの乳首がくっついた。こんなの見たことがない。

デカパイに興奮した雄斗は、両手でおっぱいを乱暴につかみ、乳首同士をこすり合わせるほど、ひしゃげさせる。

「いやんっ、何してるの、恥ずかしいことしないでっ、あんっ……あんっ……」

恥ずかしいと言いつつも、智香子は、びくっ、びくっと震えながら顔を歪めて、うわずった声を漏らしはじめる。

（ああ、やっぱり乳首って感じるんだな）

雄斗はおっぱいに顔を寄せ、乳暈に舌を這わせて乳首を貪るように吸い、空いている方の乳首を指でキュッとつまむ。

「んぅぅぅ！　……はんッ」

智香子はいっそう激しく身悶えし、眉をハの字にして、今にも泣き出しそうな顔をしている。

（すごい感じてるぞ。大きなおっぱいでも感度がいいんだ……）

その様子に興奮しながら、さらに指でこするように乳首を転がすと、

「あっ……だめっ……あっ……ん……」

ハアハアと人妻の吐息が色っぽく、苦しげなものに変わっていく。

（いいぞ……）

雄斗はさらに舌で乳頭をねろねろと舐めまわし、チュパッ、チュパッと吸い立てる。

彼女はうれしそうに、慈愛の目を向けてきた。

「ああん、おっぱい好きなのね」

「は、はい、好きです」

正直に言うと、彼女がクスクス笑った。

「さっきから、こんなになっちゃってるもんね」

彼女は起きあがり、髪をかきあげながら雄斗の股間を見た。

シフォンのフレアスカートがまくれて、白い太ももが見えていることもいとわずに、智香子は逆に雄斗を押し倒してきて、妖艶に笑う。

「クスッ。ねえ、ちゃんと見せて……」

巨大なおっぱいを揺らしつつ、智香子の手がベルトに伸びる。

「えっ……あ」

戸惑う間に、ベルトを外されて、ズボンとパンツも引き下ろされた。

ペニスが、ぶるっ、とバネのように飛び出すと、彼女は驚きつつも、おもむろに雄斗の脚の間に豊満な肉体を滑り込ませ、四つん這いになりながら美貌を肉竿に近づけていく。

（あ、ああ……ま、まさかフェラチオ……）

美那子の温かな口の感触は、まだ覚えている。

ぬめった舌や唇で、敏感な男性器を愛撫されるのも気持ちよかった。勃起が美熟女の口に出入りしている絵も刺激的すぎた。

期待で胸を高鳴らせていた時だ。

恥じらい顔の智香子が、セミロングヘアを耳の上にかきあげる。

「私のおっぱい、しっかり味わってね……」

（え？　うわわわわ……）

雄斗は息を呑んだ。

智香子が自分の乳房をゆっさと持ちあげて、そのまま肉棒に押しつけてきたのだった。

Ｇカップ以上の見た目のおっぱいが、下腹部にどかっと載っている。

すさまじい量感と重たさだ。改めて驚いてしまう。

だが、それ以上に……。

「ウフフ……」

大きな目で見つめながら、智香子が自分の胸を両手で寄せて、勃起を白い肉房で挟み込んでしまったことに驚きを隠せない。

（あっ、あああ！）

むにゅうと柔らかく、あったかい乳房で男性器を包み込まれて、雄斗は全身を硬直させる。

（パ、パイズリだ！　おっぱいでチンチンをシゴいてくれてる……こんなエッチなこと、ＡＶだけだと思ってたのに……！）

生まれて初めての感触に、頭がおかしくなりそうだった。

「くうっ……や、柔らかくてっ……こんなのっ」

チンポがムギュムギュと柔らかな軟乳に押しつぶされている。甘い快楽に包まれて腰がひりついた。

「ウフッ、恥ずかしいけど……雄斗くん、可愛いから、こういうこと、してあげたくなっちゃうの」

甘い言葉を吐きながら、智香子は大きな乳房を両脇からつかみ、ギュッ、ギュッと勃起をシゴき立ててくる。

「雄斗くんのっ……あんっ……硬くて、熱いっ……」

智香子は赤ら顔でこっちを見た。

ニコッと淫靡に微笑んで顔を伏せた時だった。

智香子はツーッと唾液の糸を垂らし、それがおっぱいと亀頭にかかった。

（は？　え？）

何をするかと思ったら、そのままおっぱいで、自分の垂らした唾液を引き延ばしはじめたのだ。

（な、なんてエッチなんだよ……）

鼓動を高鳴らせながら、おっぱいに犯される様をじっと眺める。

唾でヌルッと滑りがよくなり、潤滑油となって、ねちゃ、ねちゃっ、と音が立つ。両パイの乳肌と硬くなった乳首が、チンポの表皮をこすり立ててくる。

「くううう！」

たまらなかった。

得も言われぬ快感で腰がとろけていく。

「ウフフ。気持ちいい？　もっといっぱい挟んであげるね。両側から、むぎゅうって」

智香子は宣言どおり、おっぱいをさらに中央に寄せ、肉棒を圧迫しながら身体を上下に揺すりはじめた。

「くうっ、ち、智香子さんっ……ああっ」

見れば亀頭部は谷間からハミ出ており、切っ先からぬらぬらしたガマン液を噴きこぼして、智香子の白いおっぱいを汚していた。

（な、なんだこりゃ……）

パイズリというのは、見た目からして素晴らしかった。

鏡餅のような類い希な巨乳なので、怒張がほとんど白いおっぱいに食べられていて、ピンクの亀頭だけが顔を出している。

さらにだ。

智香子が自分のおっぱいで奉仕している絵が、なんとも征服欲を煽ってくる。

「ぅんん……うんん……」

智香子は鼻息を弾ませ、上体を揺すっている。

顔は真っ赤で、汗ばんでいた。

彼女も男性器を挟みながら、興奮しているのだ。

「うふんっ、おちんちんがおっぱいの中でピクピクしてる……どう？」

見下ろしてくるロリ顔と、泣きぼくろがエロ過ぎた。

「き、気持ちいいどころか……ううっ、も、もう」

雄斗は仰向けのまま、腰を震わせる。

「私もいいよっ、雄斗くんがハアハア言ってる。うれしいな」

智香子のおっぱいの動かし方が、どんどんエッチになっていく。

乳肌はもう透明な汁まみれで、汗や唾と混じって、いやらしい性の匂いが立ち込めている。

「ウフフッ。あらあら、おツユが……」

智香子はニコッと笑うと、おっぱいで挟みながら、そのまま顔を亀頭に被せていく。

れろおっ……んちゅ……んちゅぅ……。

「ああああ……！」

パイズリしながら、おっぱいから飛び出た部分を咥えられたのだ。

あまりの気持ちよさに、意識が飛びそうになる。

こんな天国があるのか……。

「ん、んちゅぅ……ンッ……ンッ……」

智香子が吐息を漏らしながら、じゅぽっ、じゅぽっと顔を打ち振った。

おっぱいで根元の部分を刺激され、さらに口と舌で先端が愛撫されている。

（こんなの、もうガマンできないっ！）

パイズリ&フェラチオのダブルの責めが、すごすぎた。

「ああ、智香子さんっ……で、出ちゃいそうっ」

雄斗は腰を震わせながら訴える。

すると智香子は勃起から口を離し、汗ばんだ額を手の甲で拭い、続けて髪をかきあげる。

「いいよ。ウフフ。いっぱい出して……」

優しい言葉をかけてから、また胸を寄せて、キツくシゴいてきた。

もう限界だった。

「く、くぅぅ……で、出るっ……」

甘い刺激が脳天を貫いた。

切っ先から、びゅっ、と飛んだ白い飛沫が、人妻の顔に襲いかかる。

「あんっ……熱いっ、んっ……」

噴き出した精液が、智香子の頬や口元にどろっと、かかった。

「あぁっ、ごめんなさいっ！」

慌てて智香子を見た。

いやがるかなと思ったが、彼女はうっとりした様子で、指で頬についたザーメンを拭ってウフフと笑う。

「ウフッ。おっぱい気持ちよかったのね。こんなにいっぱい……」

智香子は指先についた精液を口に入れ、

「美味しいわ……若くて……」

と、キュートな顔ではにかむのだった。

3

「ご、ごめんなさい……僕ばっかり……」

ベッドの上で智香子に向けて、雄斗は頭を下げる。

彼女はティッシュで胸や顔についたザーメンを拭いながら、笑顔で言う。

「どうして？　いいのよ、すごく気持ちよかったんでしょう？」

「それは、もちろん」

素直に返答すると、智香子がウフフと笑った。

「私のおっぱい、ずっと見ていたから……こうしたら、悦んでくれるかなって」

「も、もう……おかしくなりそうでした」

精液の残滓を拭きとった智香子の乳房は汗ばんでいて、蛍光灯に照らされ、いやらしいぬめりを見せている。それを見ていると出したばかりだというのに屹立がまた硬さを増していく。

「あんっ、一回出したぐらいじゃ、小さくならないの？」

智香子は驚き、雄斗に問いかける。

「は、はい」

「ウフフ。じゃあ、しよっか……脱がせてあげる」

智香子は優しく言うと、近づいてきて、雄斗の厚手のネルシャツのボタンを外して肩から脱がせてくれた。

女の肌からわずかに汗の匂いと、甘い体臭がした。

その匂いと豊満な肉体の見た目に陶酔しながら、なすがままにされる。下に着ていたTシャツも脱がされて、ついに全裸になった。

「胸板が厚いのね。お母さんから訊いたわ。柔道をやってたんだもんね」

「ええ。怪我でやめちゃったけど。学生時代も、柔道一筋でした」

「だから女の人とあんまり経験がないのね」

大きくて、くりっとした目を優しげに細める。

（くうう、なんて可愛いんだよ）

照れると、智香子が頭を撫でてくれた。そして両手で頬を挟んでくる。

「わあ、ほっぺた熱い……緊張してるのね」

「え、ええ……女の人の裸ってちゃんと見たことなくて……」

「そうなの？」

智香子がうれしそうな顔をした。

美那子おばさんは恥ずかしがって、女性器をきちんと見せてくれなかったから、まだクンニもしたことがない。

「ウフフ。見せてあげるね。いいよ、脱がせて」

彼女は自分から仰向けになる。

言われるがままに、シフォンのスカートのサイドホックを外して、震える手で脱がしていく。

肌色のストッキングに包まれた、むっちりした下半身を見ながら、初めてのパンティストッキングを慎重に丸めながら脱がしていく。

(むおお)

雄斗は思わず、唾を飲み込んだ。

悩ましすぎる腰のくびれから、卑猥なほどの圧倒的な下半身を包むのは、大きめサイズのコーラルピンクのパンティだった。

「ああんっ……目が怖いわよ。いいわよ、脱がして」

彼女が恥じらいながら目を細める。

ドキドキしながらパンティのウエスト部分に手をかけて、最後の一枚をゆっくり脱がしていく。

「うああ……」

おまんこだ。

衝撃的な光景に、思わず声を漏らしてしまう。

智香子の両膝を持って左右に開くと、キュートなロリータフェイスからは想像もつかない濃い繊毛が、女性の恥ずかしい部分を隠していた。

やはり四十二歳の熟女だ。

女性器のつくりと濃い恥毛が卑猥すぎる。

「雄斗くん、セックスは初めて……じゃないわよね!?」

わずかに智香子が上体を起こし、雄斗の様子をうかがってくる。

「そ、それは……違います。でも……まだ二度目で」

歯切れの悪い言葉を返す。

というのも、美那子の時は初おまんこに興奮して、わけもわからずすぐに挿入してしまったのだ。

「ホント？　それじゃあ、ちゃんと教えてあげるから……ね」

智香子はベッドの上で仰向けのまま、ゆっくりと脚を開いていく。

「ああっ……すごいっ……」

雄斗は目を見開いた。

恥毛の下にピンクのワレ目が息づいている。

縦筋はすでにしっとりと潤んで、キラキラと光っている。幾重にも複雑に重なった襞の内部が、ぐっしょり濡れているのもスケべったらしい。

女性器自体もいやらしいが、キュートな人妻をあられもない格好にして、恥部をさらけ出させているこの状況に興奮が高まる。

「ああんっ……み、見える？」

智香子が恥ずかしそうに訊いてくる。

「み、見えます。けど、内部がもう少し……」

雄斗が指を添えようとすると、智香子は自分から鼠径部の両脇に指を持ってきて、ゆっくりとワレ目をくつろがせる。

「んんっ……これが女の人のアソコよ……」

むっと湿った匂いが立ち込め、もあっとした熱気を鼻先に感じた。

（おお……）

目を見開いてはっきり見た。

サーモンピンクの花ビラが、貝の剝き身のように鎮座して重なり合ってヒクヒクと蠢（うごめ）いている。

隙間からとろりと発情のエキスがしたたり、生々しい匂いが強くなる。

発酵したヨーグルトのような匂いだった。

キツいが、男を誘う匂いだ。

「ああんっ……そんなに観察してっ……」

智香子はハアハアと熱い息をこぼしていた。

女として、これほど恥ずかしいことはないのだろう。

それでも彼女の潤んだ双眸は、羞恥の中にも女の欲情を孕んでいるようだ。やけにエロかった。

「ああ、すごい……穴も見えますっ。いっぱい濡れてる……」

「そんな風に細かく説明しないで……あっ」

ぶるるっ、と大股開きの腰が震えて、智香子がこれ以上向けないほど、顔をそむけた。

膣穴から、どろっとしたオツユが垂れ落ちる。

愛液だ。

人妻は、恥部をじっくり覗かれて感じたのだ。

「ク、クリトリスはどこですか?」

尋ねると、智香子は切なげに眉をひそめてから、困ったように見つめてくる。

「上の方よ……えっ……あんっ!　いやあああんっ」

指先でクリに触れると、とたんに智香子は腰をビクッ、と大きく震わせてのけぞった。

「……ああん、そんなっ。いきなりクリちゃんにイタズラしちゃったら、教えてあげられないよお」

キュートなロリ顔で、拗ねたように目を向けてくる。

「やっぱりクリトリスって、か、感じるんですか?」

鼻息荒く言いつつ、雄斗は指先をワレ目にくぐらせた。

「あっ、あうぅん。そうよ……私ね、触られたり見られたりしたら、すぐに濡れちゃう……」

美貌は今にも泣きそうで、茶色のセミロングヘアは汗で頬にへばりついて凄艶だ。

「あ、あんまりイタズラしないで……」

かすれ声で言う智香子の瞳は、もう余裕なく潤みきっている。

はしたなく脚を開かれたまま女性器を丹念にいじられて、よほど恥ずかしいのだろう。また新鮮な愛液があふれてきた。

「智香子さん、奥からまた……」

雄斗はワレ目をねぶって、熱い蜜を人差し指ですくい取る。

「んぅ……」

「また濡れたんですね……」

再び雄斗が濡れていることを告げると、人妻はハアハアと熱い息を漏らして、うっすら開けた目で、すがるように見あげてくる。

「あンッ、そうよ。雄斗くんに触られると、出てきちゃうんだもん……んっ」

再び指で弄ぶと智香子の腰が震えた。

そのまま弄っていると智香子の様子が、いよいよ差し迫ってきていた。

全身から漂う汗にまみれた淫靡な匂いと、ツンとする匂いが強くなる。物欲しげに蠢く女肉の誘いが、雄斗を奮い立たせた。

「な、舐めてもいいですか？」

雄斗は許可をもらう前に、クリトリスを舌で軽くつつく。

「んくぅっ！」

智香子は脚を開いたまま、腰をビクンと跳ねあげた。

（うわっ、すごい）

指先でクリを軽くつまむと、智香子は「あっ、あっ……」と背をのけぞらせて、喘ぎ声を漏らす。

「んぅ……だめっ……あぁっ！　雄斗くぅん、んっ、んぅぅ……」

智香子はもう教えることもままならなくなったようで、甘い声を響かせてセクシーに身悶えする。成熟した裸体がくねり、大きなおっぱいは、ぶるんっ、ぶるんと揺れている。

（ちょっと触っただけでこんなに……おまんこを舐めたらどうなるんだろ）

雄斗は太ももを持ちあげつつ、ワレ目に顔を押しつけた。

アーモンドピンクの花ビラに、雄斗は伸ばした舌を触れさせる。ふるふるした感触が舌腹に広がり、強い酸味がした。

（おまんこって、こんな味なんだ……）

生臭くて、しょっぱい。生魚を舐めたみたいだ。

でも、いやな味じゃなく、いつまでも舐めていたいと思わせる味だ。夢中で舌を走らせる。

「はあんっ」

智香子は汗ばんだ美貌をのけぞらせて、今までよりさらに大きく女の声を漏らす。

大きな尻を震わせるほど感じている。

さらに粘膜をしゃぶり立てると、

「あっ、んんっ、あんっ、いやっ……ああんっ」

一段と高い声をあげて、いよいよ股間を顔にすり寄せてきた。

（か、感じてる……クンニで感じてるんだ）

表情を眺めつつ、さらに舐め続ける。

れろっ……れろっ……。

ちゅく、ちゅくっ……。

唇で陰唇をこじ開けたまま、舌で膣道まで舐めまくれば、また新鮮な蜜があふれてきて、雄斗の口のまわりをぐっしょり濡らす。

「はああっ……だめぇ……だめぇっ……」

奥まで舐めると、智香子はググッと背をのけぞらせた。

今までとは明らかに違う反応だった。

さらに舌で探るように舐めると、上部の肉の芽に当たる。先ほどつまんだだけで腰をひくつかせた、クリトリスだ。

(クリを舌で舐めたら、きっと……)

雄斗は陰核の包皮を舌で剝き、小さな豆をチュッと吸う。

すると、

「あうううううう！」

智香子は悲鳴のような声をあげ、ビクッ、ビクッと大きく腰をはねさせた。

びっくりして陰部から顔を離し、彼女を眺めた。

智香子が感じまくっているのがはっきりわかる。雄斗はもう一度、陰核を吸いながら、手を伸ばしてピンピンの乳首をキュッと指で押しつぶす。

「あっ……ああっ、だめっ……ああ、んんっ……あうんっ……！」

豊かなヒップから太ももにかけての稜線が、ぶるるっ、と震える。

「もうだめっ……お願いっ、ねえっ……」

4

智香子は切羽つまった声を漏らして、上体を起こした。

「上手よ、すごく……もう欲しくなっちゃった」

「よ、よかったです」

雄斗は、ふうふうと肩で息をしながら、愛液にまみれた口のまわりを手のひらで拭った。

もっと舐めていたかったが、イチモツはギンギンだ。

智香子はベッドの上で四つん這いになり、こちらに無防備なお尻を突き出すような格好になる。

（うおおおお……）

すごい光景だった。

視界からはみ出さんばかりの丸々とした巨尻である。

まさに熟女のデカ尻だ。

はちきれんばかりの肥大化した肉尻が、深い尻割れとともに、男の興奮を奮い立たせてくる。

しかもだ。

尻割れの奥の陰唇はぐっしょりだ。

愛液でぐちゃぐちゃになっていて、太ももにまで蜜が垂れていた。

(くううう、もうガマンできない)

むっちりとしたヒップを、両手で撫でつけた。

「あんッ……」

四つん這いの智香子がビクッとして、背をそらす。

雄斗は智香子の腰を持って、背後に迫った。

「い、いいんですね」

言うと、肩越しに智香子は顔を赤らめて、小さくコクンと頷いた。

(バックは初めてだけど、いけるかな……)

しかし、そんな不安を打ち消すほど、智香子はすごい身体をしていた。

豊満な腰から、さらにぶわんと広がっていく逆ハート形のヒップは、実った桃のようにつるんとして、しかも巨大だった。

両手でそのヒップをムニュッとつかみ、切っ先を尻割れの奥に持っていく。

セピア色の肛門も丸見えだ。

可愛い熟女はお尻の穴もキレイだ。

だが、排泄穴を触るといやがるだろうと思うから、見るだけで楽しみ、おまんこの穴を探した。

下の方だよな。

人によって位置は違うだろうから心配だったが、切っ先で探してみると、すぐに亀頭部が軽く嵌まり込んだ。

ＡＶの見よう見まねで豊かな腰をつかみ、複雑な粘膜の重なり合う熟女のワレ目に押し当てて、バックから一気にズブブと貫いた。

「んくっ……あっ……ああっ……」

ぶる、と巨尻が震えて、智香子の美貌が跳ねあがった。

「ウッ、くう……」

後ろから獣のように突き入れた雄斗も声を震わせた。

智香子の温かな潤みが、あまりに柔らかくてスポンジみたいだったからだ。なんとも気持ちよすぎる。

それに加えてだ。

四つん這いの格好の女性を後ろから貫くのは、凌辱しているような気分が高まり、満足感がすごい。

「はっ……ああっ……大きいっ……ああんっ、私の中、いっぱいにされちゃってるっ……ああっ……ああんっ……」

智香子は声を漏らし、早くも豊腰を動かしてきた。

ゆっくりと腰を押しつけてきて、貫いた男根の硬さや太さを確かめるようにグラインドしてくるのだ。

「うぐぐ……」

その腰の動きにプラスして、熟女にギュッと肉棒を締めつけられた。

射精したくなる気持ちが募ってくる。

それをなんとかこらえ、こちらも腰を動かしてみた。

ねちゃ、と卑猥な粘着音が立ち、カリ首が媚肉にこすれて、たまらない快感が襲ってくる。その刺激にうっとりしながら、奥まで突いてやる。

「あ、あんっ……あっ、あっ……」

智香子は四つん這いのまま、うわずった声を漏らした。

調子に乗って、もっと感じさせたいと、自然とストロークのピッチがあがっていく。

「んんっ……あんっ……あんっ……いい、いいよっ、雄斗くんっ」

いよいよ智香子の声が、甘ったるく媚びたものに変わっていく。団地の六畳間の一室に、いやらしい声が響いていく。

ばすっ、ばすっ。

ぬちゅ、ぬちゅ。

尻と下腹部の当たる打擲音に、愛液が飛び散る音が混じる。

「はああっ……ああんっ……」

智香子が肩越しにこちらを向いた。

可愛い顔が、今は眉間に悩ましい縦ジワを刻んだ、なんとも色っぽい表情で、すがるように見つめてくる。

「ねえ……ああんっ……お願いっ……もう、もうイッちゃいそうなのっ……すごく気持ちよくて……」

智香子が肩越しに顔を近づけてきた。

ちょっとつらい体勢だが、雄斗も前傾する。

なんとか唇が届いた。口を塞ぐと、すぐに智香子の舌が入ってきた。

ねちゃねちゃと音を立てるほど、激しく舌をからませると、身体が悪寒に包まれたように震えた。

ベロチューしながらのセックス。

たまらなかった。

さらに雄斗は下垂して揺れる巨大なおっぱいも下からすくいあげ、硬くなった乳首をいじりながら、さらにバックから突き入れた。

「ああんっ、んっ、あふっ、だめっ……私、だめになるっ……こんなに深く届くなんて……ああうんっ」

智香子の腰の動きが粘っこく、円を描くようにいやらしくなってくる。

「くうう」

雄斗も唸った。

確かに奥まで届いている実感が雄斗にもあった。

智香子が腰を押しつけてくるたび、亀頭の先にこりこりとしたものが当たっている。

(もしかして、これが子宮なのかな……くうう、き、気持ちいいっ……後ろから

って、こんなに奥まで届くんだ）

もう止まらなかった。

くびれた腰を強くつかんで、ばすん、ばすんとヒップに腰を打ちつける。

「ああんっ、雄斗くんっ……お願いっ、早く、イッて……いいのっ、そのままでいいから、じゃないと私、んんぁ……あふっ、あくう、ああんっ……」

智香子が四つん這いのまま、おねだりしてくる。

どうやらイキ顔は見られたくないらしい。

それならば、先にイカせたい。

そう思ったが、熟女の蜜壺は気持ちよすぎた。

「あ、ああっ……いいんですねっ……僕も、もうダメですっ……」

後ろから突きまくりながら訴える。

智香子は肩越しに、ねっとりした目を向けてきた。

キュートな顔がなんとも淫靡な笑みを浮かべていて、泣きぼくろのせいで震えるほど色っぽかった。

「ああんっ……いいわよ。出しても、いいわよ……ああんっ、でもっ私、その前にイクッ……ああんっ、イカされちゃうっ」

智香子が尻をあげたまま突っ伏した。

巨尻がヒクヒクと痙攣している。

「イッて、イッてくださいっ、ああ、僕も……ああっ、もう出ますからっ」

限界を感じつつも、激しく後ろから突き込んだ。

ひとこすりするたびに、身体がとろけてしまいそうな快感がふくれあがる。

その甘い陶酔感に、うっとりと目を閉じて身を任せたくなるほどだ。

だが、突きたかった。

もっともっと、奥まで突きたかった。

射精しそうだ。

もう持ちそうもない。

だけど、先にイカせたかった。

放出をこらえて、最奥まで打ち込んだ時だった。

「あんっ、雄斗くんにいっぱいにされちゃってる……だめっ、もうだめっ……イ、イクゥゥ……！」

膣痙攣かと思うほどに智香子の内部が震え、女の本能なのか精液を搾り取ろうと収縮する。

その瞬間だった。
「おおおっ、出るっ……出ます、くうう」
どくっ、どくっ……すさまじい射精の衝撃が、身体中を貫いた。
大きな尻を犯しつつ、膣奥に向かって熱いエキスを注ぎ込む。
もう何も考えられない。
ただただ震えるほどの愉悦に身を任せるしかなかった。
ようやく長い射精が終わり、チンポを抜く。
彼女はうつぶせのまま、ハアッ、ハアッと息を荒らげている。
気がつくと、夕焼けが団地の六畳間を照らしていた。
外で遊ぶ子どもたちの声が聞こえている。
閉鎖的な団地に暮らす平凡な主婦は、単調な生活や夫との性生活に不満を覚えている。
そんな人妻を、彼女の自宅で抱くというのは、やはり背徳的だった。

第五章　幼なじみは人妻

1

昼下がり、雄斗はいつものように発泡スチロールの箱を持って、野菜の配達をしている途中だった。

七号棟の外階段を降りている途中、ふいに女性の声が下から聞こえてきた。

階段の手すりに手をかけ、下を見て驚いた。

美那子と智香子が、親しげに話しながら外を歩いていたのだ。

（げっ！　あのふたり、知り合いだったんだ……）

よく考えれば、ふたりとも母の友人である。

ということなら、美那子と智香子がつながっていることも、考えておかねばならなかった。すっかり忘れていた。

見ていると、ふたりは楽しそうに歩きながら、八号棟の入り口を入ってすぐのエレベーターホールに向かっていた。

雄斗も気づかれぬように、こっそりと外階段を降り、八号棟の入り口まで来てエレベーターホールにいるふたりの会話に耳を傾ける。

「……だからね、エッチな声を出しちゃって、隣の部屋に聞こえたらしいのよ、意外と薄いから」

この舌足らずな声は、智香子だ。

いきなりキワドイ会話が聞こえてきて、雄斗は驚いた。

「私なんか、二回もしちゃったし……やっぱり昼間の団地って危ないわよね、気をつけないと」

こちらの声は美那子おばさんだ。

壁にへばりつきつつ、エレベーターホールを覗くと、ふたりのキレイな熟女が談笑していた。

三十八歳と四十二歳。

しかもふたりともブラウスに膝丈のスカートという、いかにも地味な団地の人妻という格好である。

スーパーの袋を手に提げているのも所帯じみている。

でも、ふたりとも可愛らしくて美しかった。

あのふたりとセックスしたのだと思うと、なんだか妙に誇らしく、こそばゆい気がして、身体中がカアッと熱くなってしまう。

(いや、今は優越感に浸ってる場合じゃない。今の会話……まさか……)

その疑念は当たっていた。

「でもね、雄くんって可愛いのよ。私のパンティ持ってっちゃったりして。ドキドキしちゃったの」

「えーっ。きっとイタズラされたわよ、それ」

「うん。だからあげちゃった」

「やだ。美那子ったら、エッチ。でも、雄斗くんは確かに可愛かったわね。身体は大きいけど、すごく純情で。ああんっ、美那子じゃなくて、私が初めてを奪いたかったなっ。ウフフ」

そんな会話が聞こえてきて、雄斗の心臓は止まりそうだった。

(……ふたりとも、僕とセックスしたこと話題にしてる)

人妻というのは、なんと淫らなのか。

ふたりとシタことがバレてしまったようだが、しかし、両方とも雄斗に対して好意的なようだ。

じゃあ、まだ関係は続けられるかなと、期待していた時だ。

「でも、団地の中ではもう難しいわね」

「そうねえ。しばらくはおとなしくしないとね。顔見知りばっかりだから、誰が見てるかわかんないし……」

ようやくエレベーターが来て、ふたりは乗り込んでいく。

雄斗はふたりの姿が見えなくなってから、ハア、と大きくため息をついて歩き出した。

(しばらくは、おとなしくしないとね……か……)

天国から地獄に一気に落とされた。

期待していたものが、もう手に入らないと思うと、悶々とした気分がまた募ってきてしまう。

でも、ここはすっぱりと、綾乃にいくのがいいかもしれない。

よし、と割りきって次の配達へと向かう。

八号棟と七号棟の間の外通路を歩いている時に、何気なく七号棟を見あげた。

ここのところ雨がずっと降っていたが、今日は冬晴れでカラッとしているから、各部屋のベランダには洗濯物が干してある。

その中で、ショートヘアにミニスカート姿の女性が、洗濯物を干しているのが見えた。

男物のシャツの横に、ブラジャーやパンティも吊されている。

おそらくタオルで隠す前なのだろうが、レース模様の入った可愛らしい女性下着が目に入って、慌てて視線をそらす。

（危ない危ない。洗濯物を干すところなんか見てたのがバレたら、変質者扱いだよ……）

見てないフリをして立ち去ろうとすると、横目にその女性がベランダから手を振っているのが見えた。

えっ、と思い、もう一度見る。

ショートヘアにタレ目がちな双眸で、ひとなつっこい顔のキュートな女性が満面の笑みで手を振っていた。

（なんだ、美羽か。そうか、新居は七号棟だったんだ）

ホッとして、雄斗も手を振り返す。

すると洗濯物を全て干し終えたのか、美羽はベランダから部屋の中に戻っていった。

（美羽でよかった）

雄斗は安堵した。

美羽でなければ、へんな噂が立っていたかもしれない。団地内を配達してまわる人間が不審に思われたらおしまいだ。

彼女の本名は仲村美羽。

だが結婚した今は、長谷川美羽に変わっている。

雄斗と同い年の二十五歳。

ふたりの母親同士、仲が良かったので、子どもの頃から一緒に遊んだ幼なじみである。

彼女の実家は団地内でクリーニング店を営んでいて、美羽は二年前に結婚してからも、パートで店を手伝っていた。

結婚した相手もこの団地内に住んでいたので、団地の中で新居を探したのだ。

（そういえば、結婚式が終わってから、あんまり見かけなかったよな……）

久しぶりに姿を見たが、美羽はなかなかキュートな若妻ぶりだったので、ちょっとときめいた。

もともと美人だし、モデルのようにすらりとしていてスタイルがいいのも、子どもの時から変わらない。

キレイだな、とは思っていたのだが、幼い時から仲がよかったので、女性として意識したことはあまりない。

例えるなら実の妹のようなものだ。妹に欲情なんかするわけがない……と思っていたのだが……。

だが……今見た美羽には、有り体に言ってちょっと女を感じた。

ミニスカートから伸びる太ももに欲情したのは、人妻になって色っぽくなったからかもしれない。

そんなことを思いながら五号棟の近くを歩いている時、突然スマホが鳴った。

知らない番号だが、もしかすると注文かもと思い、電話に出てみる。

「雄ちゃん、久しぶりっ！」

声でわかった。

美羽からだった。

「ちょっと待て。なんで僕の携帯の番号知ってんだ？　教えてないだろ」

「おばさんが、ウチの店に来た時に教えてくれたんだもん。久しぶりね。同じ団地に住んでるのに、なかなか会わないもんだね」

「まあ、マンモス団地だからな。それにこっちは引きこもってたし」

「そうなの？」

「そうだよ。怪我したのは知ってるだろ。それで会社やめてから、ちょっとニートして、今は配達を手伝ってる」

「配達ねえ。そうそう、だめよ、雄ちゃん。配達中に人妻が下着とか干してるとこなんか見てたら、通報されるわよ」

「ば、ばかっ……女物の下着なんて、あれは……」

歩きながら、ついつい大きな声が出てしまった。

通りすがりのおじさんが、こっちをジロッと見たので、慌てて声をひそめる。

「し、下着なんか見てないよ。美羽がいると思ったから見ただけで」

「どうだか。あんたスケベだもんね」

クスクスと電話の向こうで笑われた。

以前なら、美羽とキワドい会話をしてもそんなに意識しないのだが、今日はなぜか、ちょっとドキドキしてしまっている。それが妙にくすぐったかった。

「で、なんの用だよ」

「おばさんから訊いたけど……あんた、今日の団地の会合に出るんでしょう？」

前に母親に言われた、団地内の商店街の会合だ。

といっても、今後の取り決めなど仕事の話はあっという間に終わって、大半がただの飲み会になると聞いている。

「ああ、おふくろに出ろって言われたからな」

「そうなんだ。じゃあ、私も出ようかな。私も両親が出られないから顔を出してくれないかって言われてて」

「それは出て欲しいなあ。おじちゃんおばちゃんばっかりだと思ってたから気が重かったんだよ」

「うん、わかった。じゃあ、夜ね」

電話は切れた。

少なくとも、同世代がいてくれるだけでありがたい。

というよりも、どうも人妻となった美羽と会えることに、ドギマギしている自分がおかしいと思った。

（たまってんのかなあ……）

まあそれでもさすがに美羽とは、そんなことにはならないと思う。

2

団地内にある居酒屋「酒楽（しゅらく）」に行くと、テーブル席は商店街の面々ですべて埋まっていた。

とはいっても大将と女将（おかみ）さんふたりでやっている、こぢんまりした店なので、二十人も入れば満杯である。

「おお、堀口のところは倅か。しかし、大きいなあ」

見知った顔に、背中を叩かれた。

眉間にシワを寄せた魚屋の親父さんは、すでに酔って赤くなっている。他の人たちもみな、宵の口なのに、ほぼできあがっているようだ。

「ほら、寒かっただろ。まあ飲め飲め」

近くのテーブルに座っている蕎麦屋（そばや）の親父さんが、徳利（とっくり）を差し出してきた。

「は、はあ……」

と適当に答えつつ、雄斗はまわりを見まわす。

美羽はいなかった。

「おじさん、美羽知らない？　クリーニング屋の」

訊くと、蕎麦屋の親父さんは、

「ええっと。クリーニング屋は今日来られないって、さっき誰か言ってたぞ」

「えー、マジ？」

スマホを見ると、ＬＩＮＥのメッセージが入っていた。

見れば、

「行けなくなったの。ごめんね」

と、あっさりした文章だった。

（なんだよ。まいったなあ）

これでは若い世代は自分以外、皆無ではないか。

おじさん連中と飲むのもイヤではないが、やはり同世代の人間と気軽に話したかった。

それに人妻になって色気が増した美羽と、久しぶりに話したかったという下心もある。

しかしだ。

がっかりしながら見まわしていると、後ろのテーブルに綾乃が座っているのが目に入った。

(あ、綾乃さんも来てたのか)

彼女は雄斗を見つけると、ちょいちょいと手招きしてくる。

(え？)

あの日のイタズラの後、施術に行ってもあまり話してくれなくなった。

少し気まずい感じだったから、ちょうどよかった。

謝ろうと思って近くまで行くと、綾乃はすでに顔を赤くしていた。

「隣、空いてるよ」

ニッコリと微笑んでくる。

今日はいつものポニーテールではなく、肩までのセミロングヘアだ。

それが余計に女っぷりをあげているようで、目鼻立ちのくっきりしたルックスが少し酔ってとろんとした表情にもなって、隣に座るだけで緊張してしまう。

「ビールでいい？」

「え、あ、はい」

コップにビールをつがれるだけでドギマギした。

美人は得だ。

お酌されるだけで、心がときめいてしまう。

乾杯して、ゴクゴクとビールを喉に流し込んだ。綾乃につがれたビールはいつもより美味しい気がする。

綾乃も同じようにグラスを傾ける。

けっこう飲むんだな、と思っていたら、

「綾乃ちゃん、そんなに飲んで大丈夫？」

と、同じテーブルに座っていた酒屋のおばさんが心配する。

「大丈夫よ、おばさん」

そう言いつつも、かなり酔っているようだった。

見れば、綾乃の瞳がうるうるとしていた。

しかもだ。

ふらっとして、身体を預けてくるものだから、雄斗の心臓はバクバクと音を立てっぱなしだった。

「雄斗くんも飲もうよ」

「は、はあ……」

言われて、グラスを傾けると、左肘のあたりにふっくらと柔らかいものが押しつけられて、思わずビールを噴き出しそうになる。

（お、おっぱいが……綾乃さんのおっぱいが……）

ブラウス越しの乳房が押しつけられていた。

どうやら綾乃はかなり酔っていて、無防備になっているらしい。

（あ、危ないなあ。綾乃さんって、酔うとこんな風になるんだ）

慌ててまわりを見るが、各テーブル毎にけっこう盛りあがっているので、綾乃と雄斗を揶揄する者はいなかった。

まあ同じ団地で、歳も二つしか離れていないのだから、身内でじゃれ合っているようにしか見えないのだろう。

何かを期待するわけじゃないけど、綾乃と距離が縮まりホッとする。

（しかし、酔ってる綾乃さん、色っぽいなあ）

どこか寂しそうな横顔が、息を呑むほどに美しかった。

子どもの頃の美少女のまま、二十七歳という女盛りの色香も加わって、神々しいほどである。

ミドルレングスの髪は艶々していて、切れ長な目元が男心をくすぐってくる。

さらにだ。

下を見れば、珍しく綾乃は短いタイトスカートを穿いていた。

椅子に座っているから、スカートが少しズレあがっており、意外なほどムッチリした白い太ももが見えていた。

普段は短いスカートを穿いているところなど見たことないから、よそ行きなのだろう。

だが脚など出すわけもないと思っていたひかえめな女性の、エッチな太ももは破壊力がすごすぎた。

(普段は隠してるけど、綾乃さんって、エロい身体してるんだよな)

白衣の上からでも身体つきのいやらしさは知っていたのだが、こうして普段着姿を見ていると、そのスタイルのよさが半端ないことがわかる。

「……でね、おばさん。例の件、雄斗くんにやってもらったらどうかって思うのよ」

綾乃が酒屋のおばさんと話している時に、自分の名が出た。

雄斗は、ハッとしてふたりを交互に見た。

「え？　僕が……何を……？」

それに答えることもなく、酒屋のおばさんが手を挙げる。

「ねえ、青木さん。さっきのインターネットの話。八百屋の雄ちゃんにやってもらったらどうかしら」

するとと、各テーブルから「それがいい」「若いもんに任せた方がいい」とか、声が飛んでくる。

「えっ、な、何ですか？」

綾乃に訊くと、彼女はすまなそうな顔をして、

「あのね、さっき、商店街全部まとめて、ホームページで注文受けたらどうかってアイディアが出たのよ。そのホームページを誰がつくるかって……」

「え？　もしかして、それを僕が？」

慌てて言うと、綾乃は、

「だって、雄斗くん。実家のホームページをつくったんでしょう」

「つくりましたけど、めちゃくちゃ簡単なヤツですよ」

と言っている間に、商店街会長の青木がやってきた。

「いや、すまんな。雄ちゃん。きちんと、金は払うから」

「えーっ」

忙しいし、いやだったが、綾乃が期待するような目で見つめてくるので断れなくなってしまった。

「まあ、あの……簡単なものなら」

おーっ、と歓声があがる。

なんだか商店街の未来を託されたような感じで、ちょっと落ち着いてくれと言いたくなる。

「まあ、飲め。な」

グラスにビールをつがれたので口をつけると、青木がバンバンと肩を叩いて行ってしまった。

「ごめんね、面倒押しつけて。でも他にパソコンを使えるような人、いないのよ」

綾乃が小声で言う。

甘い呼気が鼻先をかすめて、心臓が高鳴る。

「い、いや、まあ……最近、シャッター閉めるところも増えてきたし。確かになんか協力しなきゃなと思ってたので、よかったです」

本音だった。

昔の活気、とまではいかなくとも、せめて「寂れた団地の商店街」というイメージだけは払拭(ふっしょく)したいと思っていたのは間違いなかった。

思っていたことを素直に言うと、綾乃が「ウフフ」と笑った。

「なんですか？」

「ん？　だって、あの泣き虫だった雄斗くんが、こんな立派なこと言うようになったんだなあって……」

綾乃の美貌が近づいてくる。

（ん？）

その時、不思議な感覚が雄斗の中で湧いた。

昔どこかで、今の綾乃と同じような会話をしたことがあるような気がした。

デジャブ、というヤツだ。

だがそれがいつのことか、まったく思い出せない。

（なんだろう……昔だよな、すごく遠い昔のような気がする……あっ！）

雄斗は飛びあがりそうになるほど驚いた。

綾乃が雄斗の手を取り、タイトスカートから伸びた太ももに導いたからだ。

手のひらに、ムッチリした綾乃の太ももの感触がある。パンティストッキングのつるんとした手触りも感じた。

（え、え？　綾乃さんっ……）

酒屋のおばさんたちは、別のテーブルに行って盛りあがっている。

テーブルの下では、綾乃が雄斗の手を握り続けている。自分の太ももを雄斗に触らせたがっているようなのだ。

(ま、まただ……)

寄り添ってくる綾乃を見た。

ほっそりした首筋も、ブラウスの前身頃（まえみごろ）から見える胸元も、酔ったせいで朱色に染まっていて、なんとも色っぽかった。

雄斗を見る目つきも、どこかとろんとした女の目になっている。

《寂しいと誰とでも寝る女だ》

また、そんな言葉が頭をよぎった。

違う。綾乃さんはそんな女じゃない。

でも……。

綾乃が雄斗の手をスカートの中に導こうとしているように思えたのだ。

(誘っているんだよな……あの真面目で凜とした綾乃さんが、僕に触って欲しいって)

いいじゃないか。

綾乃さんが、いいと言っているのだ。

寂しいのなら、その心を埋めてやればいいじゃないか。

葛藤しつつも綾乃の美脚を撫でたい気持ちが勝った。

(綾乃さん……どうなっても知らないよ)

ドクドクと心臓の音を聞きながら、雄斗は太ももにあった左手をわずかに動かして、パンスト越しに太ももを撫でる。

「んっ……」

彼女はわずかに吐息を漏らし、雄斗の左手をギュッとつかんできた。

柔らかなおっぱいが、腕にさらに強く押しつけられて、雄斗もますます股間をいきり勃たせてしまう。

(ど、どうして……綾乃さんはこんなこと……)

そう思いつつ、雄斗の左手はタイトスカートの奥へと忍び込んでいく。

熱気の中、指がパンティストッキングの上からパンティをとらえた瞬間、

「ンンッ」

綾乃は声を漏らし、ぶるっと腰を震わせる。

雄斗はドクッと心臓が跳ねあがるのを、抑えきれなかった。

(なっ……！　ぬ、濡れてる⁉)

信じられなかった。

指でパンスト越しに柔肉をグニグニと刺激してやると、

「あっ……あっ……」

と、綾乃はうわずった声を漏らし、ギュッと腕にしがみついてくる。

(ま、まずい……)

人前でここまでするのはまずいと、雄斗はすぐに左手をタイトスカートの中から抜いた。

綾乃を見る。

目の下をねっとり染めて、ハアハアと妖しげな吐息をこぼしている。

エロかった。

ここが飲み会の席でなかったら、押し倒していたところだった。

雄斗も真っ赤になって、綾乃を見つめる。

彼女は軽く身を寄せてきて、

「……雄斗くんのエッチ……」

と、耳元でささやいてくる。

「い、いや……だって」
「どうして、彼女をつくらないの？」
「え？」
雄斗は息を呑んだ。
綾乃の目つきが、いかにも浅ましい女性に見えたからだった。
あの時……。
元旦那に無理矢理キスされて、一瞬うっとりしていた綾乃のことを思い出す。
いやなのに、いやらしいことをされれば身体を開いてしまう。
つまり……淫乱だ。
彼女の顔には、この寂しさを埋めて欲しいと書いてある。
（誰でもいいんだ。僕じゃなくても……）
そう思ったとたん、雄斗は醒めてしまった。
これが美那子や智香子ならば、ラッキーだと鼻息を荒くするだろう。
だが、綾乃に対しては違う。
本気で好きだった。
憧れの人だ。

いつも凜としていて、真面目で可愛い。理想のお嫁さんといっていい清楚で奥ゆかしい美女。

それが綾乃のはずだった。

（違う、こんなの……）

「どうしたの？」

綾乃が不思議そうに訊いてきた。

「あの、ぼ、僕は……」

誰でもいい相手になりたいわけじゃない。

そう言いたかった。

だが……。

「おおい、綾ちゃん。雄斗。飲んでるかあ？」

魚屋の親父さんが、ビールを持ってやってきた。

この場所にいるのが、つらくなってきた。

「あ、僕……すみません、ちょっと用事があって……」

「え？　おお、そうか」

親父さんが残念そうに戻っていく。

綾乃が心配そうな顔でこちらを見た。

「用事？　そうなの？」

寂しそうだった。

でも、その寂しさを埋めるのは、自分じゃなくてもいいのだと思うと、無性に腹が立ってきた。

「綾乃さん……僕、すみません。また……」

立ちあがり、みなに軽く挨拶をしてから居酒屋を出た。

外は木枯らしが吹いていて、凍えそうなほど寒かった。

3

（バカだな……僕）

いい雰囲気だったのに、みすみすその機会を逃すなんて。

子どもの頃から憧れの美少女で、団地のマドンナだった。

その高嶺の花だった彼女は今、離婚して寂しいのだ。

こんなチャンスは滅多にない。

あのまま流れに身を任せていれば、綾乃とひとつになれたかもしれない。

思いを遂げられたはずだった。

だが……。

その実、綾乃の寂しさを埋めるのは自分でなくてもいいのだと思うと、虚しさがこみあげてきた。

綾乃とは心が通じた上で、ひとつになりたかった。

純情すぎるが、本当に好きだったのだ。

「くそっ……」

雄斗は舌打ちした。

寒い中、夜空を見あげると、小さな星がぼんやり見えていた。

やるせない気持ちが、心の中で渦巻いている。

その時、ポケットの中のスマホが鳴った。

画面を見れば、美羽からだった。

(なんだ、美羽か)

綾乃からだったらと一瞬期待したせいで、気分がまた下がってしまった。

「どうしたんだよ」

やや、ぶっきらぼうに電話に出ると、美羽は、

「ごめんね。会合に行くって言ったのに、行かなかったから。お詫びの電話」

「まいったよ。ほとんど若い人間いなかったんだぞ」

苛立ちをぶつけるように愚痴を言うと、電話の向こうで美羽が苦笑する。

「だからごめんって。どうしても行けなくてさ……というか、あれ？　もう終わったの？」

「つまんないから、途中で抜けてきた」

本当は綾乃とのことで勝手に腹を立てて席を立ったのだが、それはもちろん黙っている。

「そうなんだ。じゃあ、飲み直さない？」

「は？」

訊けば、タクシーで十分ぐらいのところの繁華街にいるらしい。

詳しい店の住所をスマホで調べ、表通りに出てタクシーを拾う。

このモヤモヤを抱えたまま帰りたくないなと思っていたから、ちょうどよかった。飲み直したい気分だった。

店は地下にあった。

薄暗くて洒落たバーだ。

こういう店は来たことがないので、緊張しながら階段を降りてドアを開ける。

L字型のカウンターに、テーブルがふたつ。

テーブルは客で埋まっていたが、カウンターは空いていた。そこに美羽がひとりで飲んでいた。

高いスツールに腰かけていて、ほの暗い中に浮かぶ艶めかしい白い太ももが真っ先に目に入った。タイトなミニスカートを穿いているから、かなりキワドイところまでスカートの布地がずりあがっていて、ドキッとした。

さらに、Vネックのニットは身体にぴったりフィットしていて、せり出した胸の形を強調しているように見える。

(子どもの頃は、痩せてマッチ棒みたいだったのに)

なんだか身体が熱くなってきた。

欲情しているのは、きっと綾乃のせいだ。

彼女との淫らな行為を中途半端にやめてしまったせいで、ムラムラが続いているのだろう。

「あっ、雄ちゃん」

美羽が気づいて手を挙げてくる。

雄斗も軽く手を振ってから、隣に腰かけた。

「雄ちゃん、ごめんね。いきなり誘っちゃって」

「いいよ。飲みたい気分だったから。それよりさあ、美羽がいなかったせいで、おじさんおばさんの相手ばっかだった」

言いながら上着を脱ぐと、年配のマスターがカウンターの外に出てきて上着を受け取り、入り口近くのハンガースタンドに掛けてくれた。

マスターが「お飲み物は？」と訊いてくる。

洒落たバーには来たことがないので、あまりカクテルの名前を知らない。

生ビールを頼んだ。

「行こうと思ってたのよ。だけど、急に行きたくなくなっちゃって」

美羽が見つめてくる。

綾乃と同じく、すでにこちらもかなり酔っているようだった。

それに珍しく表情が暗かった。

子どもの頃から天真爛漫で、活発な美羽の暗い顔などあまり見たことがなかったから、なんだか艶めかしく見える。

（いやいや、美羽だぞ……）

頭を振った。

生ビールのグラスが置かれて、ふたりで乾杯する。

美羽はカクテルグラスを傾けて、青い液体を流し込んだ。

薄暗い中で、美羽の白い喉がコクコクと動くのを見て、妙に色っぽく感じてしまう。

(しかし、あの美羽が……今は人妻なんだもんなあ……)

再びちらりと、美羽を見る。

ショートヘアにタレ目がちな双眸。さくらんぼのように、ぷるんとした厚ぼったい唇がカクテルで濡れて、やけにそそる。

「なあに？ ウフフ……」

美羽が目を向けてきたので慌てて視線をそらし、ビールを一気に飲み干して同じものを注文する。

隣に座っているだけで、人妻の色香が漂ってくるようだった。美羽がこんなにもいい匂いだったなんて、今の今まで感じたことはない。

「い、いや……なんでもない。それよりも何があったんだよ」

「うん。なんかさ……」

美羽はそのまま押し黙ってしまった。

また表情が思いつめたようになり、カクテルグラスをじっと見つめている。

そしてキュッと飲み干すと、おかわりを頼んだ。

（ピッチ速いな……）

雄斗も二杯目に口をつける。

綾乃のことでモヤモヤしている上に、隣にいる美羽を妙に意識してしまい、間が持たなくてついついグラスに口をつける回数が多くなっていく。

「結婚すると、女としての魅力がなくなるのかなあって」

美羽が急にそんなことを言い出したので、雄斗は驚いた。

「なんだよ、急に」

「うん……」

美羽はグラスを呷ってから、大きくため息をついた。

「ねえ。聞いてくれる？　雄ちゃんだから言うけど、私、まだ結婚して二年なのよ。それなのに、その……ウチの旦那が全然かまってくれないっていうか」

「そうなのか」

雄斗は驚いた。

結婚して十年も経てば、そんな話題も出てくるだろうが、二年はまだ新婚みたいなものではないか？

結婚生活に夢を持っている雄斗の想像では、結婚して二年なんてまだイチャラブ真っ只中だと思っていたのだが、どうやら違うのだろうか。

「そうよ。だってさあ……夜とか……全然抱いてくれないし」

ギョッとして思わず美羽を見た。

彼女は目の下を赤く染め、口を尖らせていた。

「えっ、あ……そ、そうなんだ」

どう答えたらいいかわからず、雄斗の視線は宙を泳いだ。

美羽とは結婚前もいろいろ相談に乗ったことがある。女友達というか、妹というか……あけすけに言い合える仲だった。

それでも、こんなキワドイ話題は初めてだった。

（セックスレスってヤツか……まだ二十五歳なのに）

幼なじみに憂いを抱えた人妻の顔を見せつけられて、心臓がバクバクと音を立てる。

ボディラインを露わにするニットでは隠しきれない、しっかりしたバストの丸みに目が吸い寄せられてしまう。

ミニスカートからのぞく肉感的な太ももや、ヒップのラインもエロかった。

「やっぱ、私って魅力ないのかなあ」

「そ、そんなことはないだろ」

雄斗が否定すると、美羽は身体をぐいっと寄せてきた。

ニット越しの胸のふくらみや、ストッキング越しの太ももの感触が伝わってきて身体が熱くなる。

「そう？　雄ちゃん。私のこと可愛いと思う？」

潤んだ瞳で見つめられる。

アルコールを含んだ呼気が甘く漂い、香水と混じったムンとした匂いがたまらない。

雄斗は照れて目をそらしながら、

「まあ、一般的に見たら、可愛い部類に入るんじゃないのか？」

と、普段は絶対に口にしない本音を言う。

すると美羽は、

「ウフフ。珍しいね、雄ちゃんがそんなこと言ってくれるなんて」

と、肩に頭を寄せてくる。

柔らかな身体と甘い女の色香がムンと漂い、雄斗は股間を昂ぶらせる。

（いや、美羽は酔ってるだけで、そんなつもりはないんだからな。落ち着け）

これは酔っ払いにありがちな、ただのスキンシップだ。

（美羽が、僕に男を感じるわけなんかない）

だけど、ここまで気を許してるなら、もしかすると……。

雄斗も迷いつつ、ビールを呷る。

美羽はカクテルを飲んでから、ふうとフルーティなため息をつく。

「なんかね、団地の人妻ってみんな寂しいじゃない？」

いきなり言われて、雄斗は「え？」と思った。

「寂しい？　そうかなあ？　みんな付き合いとかいいし……」

「違うのよ。なんていうか……団地の奥さんたちって、みんなパートに出たりして、ちょっと忙しそうにしてるわけでしょ」

「あ、ああ……たしかに。昼間働いてる人も多いかな」

なんとなくわかる。

憂いがあったり、気だるい感じがするのは、仕事や子育てにみんな忙しいからだ。

「でね、日々の暮らしに疲れちゃってるから、そのまま夜とか、旦那さんとエッチするの、だめになったりするじゃない？」

「そ、そうなのか？」

なんだか妙に具体的だ。

もしかして、美羽は自分の身の上を話しているのではないか？

「で、欲求不満になるわけだけど、まわりはみんな知り合いばっかりだから下手に浮気なんてできないわけよ。だから、団地妻って寂しいのよ」

ドキッとした。

まさに美那子や智香子、それに綾乃も、そのものズバリだ。

（な、なるほど。団地妻って、そういう寂しさがあるわけか……）

なんとなく理解した。

団地という日常の空間で人妻たちは仲がいい反面、まわりの目を気にして下手なことはできない。ましてや浮気なんか以ての外なのだろう。

（だから、僕みたいなのが、若い配達員が……つまみ食いにちょうどいいのかなあ……）

ハッとした。

「まさか、美羽もそんなこと……」

「違うわよ。一般論。別に浮気したいとか、離婚したいなんて思ってないけどさあ、そういう気持ちになっちゃうってわけ」

美羽がまた、おかわりを頼む。

雄斗は美羽を見ながら、

(美羽も寂しい団地妻なのか……)

ムラムラした気持ちが湧き出てくるのを、雄斗は必死に自制するのだった。

4

バーをふたりで出た時、すでに午前零時をまわっていた。

駅まで少し距離があるが、歩けば終電にはギリギリ間に合うだろう。

そう考えていると、

「あっ」

と美羽が足をふらつかせて、雄斗に抱きついてきた。

慌てて美羽を支えると、くびれた腰を手のひらに感じた。女らしい成熟したボディラインに鼓動が速くなっていく。

「ご、ごめんね」

美羽は言いつつも、身体を預けたままだった。

豊満な胸元の柔らかさを感じる。細いのにけっこう胸はあるんだなと、ちらりと美羽を見る。

いつもは天真爛漫なニコニコ顔が、あの会話以降、憂いを帯びた表情になっている。

タレ目がちの柔和な顔立ちだが、今は胸元まで朱色に染めて、とろんとした色っぽい双眸だった。

カクテルのフルーティな呼気や、うっすらと香水の混じった女の匂いがたまらなかった。

「おい、大丈夫か……？」

言いながら、美羽の胸元が目に入った。

コートを羽織ったまま前屈みになるから、Vネックのニットの襟元が開き、胸の谷間が覗いてしまっていた。

柔らかそうな真っ白いふくらみを、白いブラジャーが包み込んでいる。

（ば、ばか……美羽のおっぱいだぞ……）

妹のような存在なのに、性的欲求が高まっている自分を戒める。

だが……。

綾乃とのイタズラから、ずっとムラムラが続いている。

有り体に言えば、このまま美羽の乳房に触れて、柔らかな裸体や温もりを感じてみたかった。

「ごめんね、私、かなり酔ってるみたい……」

「歩けるか？」

「うん……」

とは言いつつも、美羽はまだふらついていた。

（ど、どうしよう……）

駅までは歩けそうになかった。

やっぱりタクシーか……。

それしかないなと思っていたら、美羽は道端でしゃがみ込んで、口元をハンカチで押さえてしまう。

「お、おい……タクシー乗れるか？」

背中をさすってやると、美羽はしゃがみながら首を横に振る。

「ちょっと今は、乗り物ダメかも……」

「えっ？」

驚いた。

「今はだめ」という言葉が、妙に生々しく頭に残った。

少し休めば大丈夫、という風に聞こえたのだ。

繁華街の裏手にホテルがいくつかあるのは知っている。ラブホテルというところに入ったことはないが、休憩ができるのもわかる。

「ちょっと休んでいくか？」

できるだけ下心のないように、普通に言ったつもりだった。

「えっ……」

美羽は困惑した表情で、雄斗をじっと見た。

きっと頭の中で考えているはずだ。

雄斗なら信用できる、心配ないだろうと。

美羽は小さく頷いたので、腰を抱いたまま歩かせる。

路地に入ると、ホテルが何軒かあった。

（休憩するだけだ……美羽がいやがったら、別にしなくてもいいんだから）

自分にそう言い聞かせながら、近くのホテルに入っていく。

玄関の突き当たりに大きなパネルがあって、そこで部屋を選ぶシステムのようだ。

明かりのついた部屋を押せば、カードキーが出てきた。

（へえ、こんな仕組みなんだ……）

ちらりと美羽を見る。

彼女はうつむき加減で、何も言わなかった。

（いいのか……エッチしてもいいのか？　僕と……）

客観的に見て、美羽は美人の部類に入るだろう。

顔立ちは癒やし系で、元気いっぱいでいつも笑っているが、黙っているとかなりの美形である。

（美羽と、や、やれる……）

意識すると、震えが来るほどの緊張感にさいなまれる。

今まで、実は可愛いと思っていても、小さい頃からの関係を壊したくなかったから、そんな素振り(そぶ)は微塵(みじん)も見せなかった。

今はこうして肩を抱いているだけで、すぐにも勃起しそうだ。

友達の関係が、男女の関係に変わるかも……。

そんな風に思うと、背徳感がこの上ない。

これから先どうなってしまうのか、という不安よりも、美羽を抱きたいという気持ちがあふれ出る一方だった。

肩を抱きながらエレベーターに乗り込む。

尋常でないほど、心臓が早鐘を打っていた。

ようやく部屋にたどり着く。

震える手でドアを開けると、ダブルベッドが生々しいほど男女の営みを意識させてくる。

とりあえず、美羽をベッドに座らせる。

ミニスカートがまくれて、パンティが見えそうになっていた。あやうく押し倒しそうになる。

(いや、待て……美羽は具合が悪いんだぞ)

自制しつつ部屋を見渡して、冷蔵庫を探す。

テレビの下にあった小さな冷蔵庫を開けて、有料のペットボトルの水を手渡してやると、美羽はこくこくと喉に流し込んでいった。

水を飲むと、少し落ち着いたようだった。

半分ほど飲んだペットボトルの蓋を閉めると、急に美羽は不安そうな表情を見せはじめた。

雄斗が顔色を見る。

「だ、大丈夫か？」

声をかけると、美羽は恥ずかしそうに小さく頷いた。

そして、もじもじしながらも、

「ごめんね、いろいろ……飲み過ぎちゃって。私、ここの分は払うから……」

と、持っていた小さな鞄から財布を取り出した。

雄斗は慌てた。

酔いが醒めたと同時に、美羽がラブホテルということを急に意識し出したように見えたからだ。

表情に、旦那への罪悪感が浮かんでいた。

「いいよ、別に。それより、その……もう少し休まないと」

普通に言ったつもりだったが、美羽は太ももをキュッと閉じて、ソワソワと部屋の中を見まわしはじめた。

「ごめん、私……やっぱり、帰らないと……」

美羽が立ちあがった。

彼女の言った「ごめん」は、なんとなく、

「エッチしてもいいかなって思ったんだけど、やっぱりごめんなさい」

という風な、心変わりを詫びたかのように聞こえた。

彼女はうつむいたまま、入り口のドアに向かおうとした。

(ここまで来て……なんだよ、それ)

肩すかしをくらったような気がして、雄斗はカッとなった。

綾乃への後悔もあって、ムラムラしていた。

気がつくと、後ろから美羽を抱きしめてしまっていた。

「み、美羽っ……僕……」

「……雄ちゃん、な、何……？　ちょっと待って」

背後からニット越しに乳房を揉み、さらにはミニスカートから伸びた太ももを
乱暴に撫でる。

「ああん、だめっ！　雄ちゃん。だめっ……お願い、こんなところに来た私が悪

かったわ。だけど、もうやめて。お願いっ、そうじゃないとキライになる」

肩越しに強く拒否されても、もう止まらなかった。

「大丈夫だよ、大丈夫だから……」

何が大丈夫かさっぱりわからなかったけど、とりあえずそんなことを口走りながら、無理矢理に美羽の唇を奪っていく。

「ンンッ！」

美羽が腕の中で暴れた。

だが、そこまで本気の抗(あらが)いではなかった。

それは幼なじみに遠慮しているのか、はたまた、自分の中でも寂しさを埋めて欲しいと思っているからなのか、わからない。

いけないことだとはもちろん理解している。

だが、もう頭が痺れきっていた。

(美羽を抱きたい……)

おそらくだが、こんな気持ちになったのは、美羽が結婚して誰かのものになってしまったからであろう。

「だめっ、雄ちゃん……ホントに……わ、私……結婚してるのよ」

美羽がキスをほどき、慌てて訴えてきた。

瞳が潤んで、切なそうに雄斗を見つめてくる。

幼なじみであり、男女の関係などなかった男に、こんな風に無理矢理されるのがいやなのだろう。

だが、そんな美羽の泣きそうな表情を見ていると、逆にムラムラが強くなってきた。

（美羽を自分のものにする……）

心の奥から激しい欲情が芽生えてきて、雄斗は美羽をダブルベッドの上に押し倒した。

「美羽……ここまできたんだから、いいだろ？」

美羽の濡れた唇に、再び口をかぶせていく。

幼なじみの唇はとろけそうなほど柔らかかった。こんなエッチな唇をしていたのかと、欲情が加速する。

ニットの上から、乳房を鷲づかみした。スレンダーではあるが、美羽のおっぱいはしっかりと悩ましいふくらみをつくっている。

「ンンッ……いやっ……雄ちゃんに、こんな……おっぱい触られるなんてっ」

美羽が恥ずかしそうに、身をよじる。

幼なじみの身体をまさぐるという恥辱を与えてしまった以上、これまでの関係が壊れてしまうのは、もう避けられない。

だが、だめだ。

もう美羽を犯したくて、しょうがなかった。

雄斗は得意の寝技で美羽の身体を押さえつけながら、ニットを勢いよくたくしあげる。

白いブラジャーに包まれた、量感たっぷりの乳房がまろび出た。

「ひどいわ、ああんっ……ンンッ」

悲痛な若妻の叫びを、雄斗はまた唇で塞いだ。

「むふン、ンフッ……ンンッ」

くぐもった叫びを漏らす美羽の短い艶髪を、落ち着かせるように撫でて、大きくかきあげたりする。

キスしながら、ちらりと下を見れば、まばゆいばかりの優艶なボディがある。

セクシーにくびれた腰に、意外にムッチリした太もも、そして深い谷間をつくっているブラの胸の隆起……。

（いい身体してるんだな）

腰から下もエロティックだった。

ますます興奮し、抗う美羽をしっかりと押さえ込んで、唇の隙間にぬるりと深く舌を侵入させる。

「ン！」

舌まで入れられると思っていなかったのだろう。

驚いて唇を離した美羽は、恥じらいと背徳の意識にさいなまれているかのように、顔を真っ赤にして訴えてくる。

「いやっ……もういやっ、お願い、もうやめて！　雄ちゃんのこと、ホントの兄妹みたいに思ってたのにっ」

「いやなんて言って……ホントは寂しかったんだろ」

煽るようなことを言いつつ、すぐにまたベロチューを狙う。頬をつかみ、唇を被せて舌を入れ、口奥で縮こまっている美羽の舌をからめとる。

「ううんっ……」

するとだ。

今までいやがっていた美羽が、鼻奥から悩ましい声を漏らしはじめた。

少しずつだが、とろけてきている。

(い、いける……)

雄斗は欲望にまかせて唾を流し込み、いやらしく、ねちゃねちゃと音を立てて舌をからませながら、深いキスに没頭する。

(ああ、甘い……美羽とキスするのが、こんなにゾクゾクするなんて)

天真爛漫な美羽の姿を思い描く。

こんなに女らしいとは、思いもよらなかった。

一刻も早く自分のものにしたい。

キスしながら、強引にブラカップをズリあげ、胸を揉みしだいた。

「ううんっ……んんっ」

美羽が身を強張らせるのもかまわず、激しいキスをして、しこった乳首をキュッ、キュッとつまみあげる。

「あふっ……はふんっ……」

しばらく愛撫を続けていると、ようやく美羽の身体から力が抜けていく。

雄斗は美羽のおっぱいの感触を楽しみながら、されるがままの美羽の舌を、ねちっこくしゃぶりまわしていく。

（くうう……たまらないよ）
頭の芯までとろけるような甘いベロチューだった。
何度もちゅぱちゅぱと濃厚なキスを交わしてから、雄斗はようやく唇を離す。
「ああんっ……」
美羽の瞼が半開きになって、焦点が合っていなかった。
（きたっ。美羽も……その気になってきた）
もう止まれなかった。

5

ズボンの中のペニスはもうギンギンだ。
（美羽、ごめんっ）
心の中で詫びつつ、雄斗はシャツを脱ぎ、ズボンとパンツもズリ下ろした。
男根が跳ねるように飛び出てきた。
今までにないほど硬くそそり勃ち、切っ先はガマン汁で濡れ光っている。
「な、いやっ！　何考えてるのっ。だめっ、ホントにだめよ……」
ぼんやりしていた美羽は雄斗のペニスを見てハッとなり、顔を真っ赤に染めてベッドの上で後ずさりした。

ここから先はさすがに、という顔だ。

美羽がベッドから慌てて下りようとした。

そうはさせまいと、雄斗は全裸のまま、美羽に覆い被さった。

「いやっ」

美羽が抗い、泣き顔を見せてくる。

「だめっ、雄ちゃんっ、そんなのだめっ……そんなことしたら……私……ホントに雄ちゃんのこと……」

哀しみにくれる美羽を見て、憐憫の情が湧く。

だが、同時にだ。

雄斗の欲望はさらに燃えあがっていた。

ヤリたい。

美羽とヤリたくてたまらない。

脱いだズボンからベルトを引き抜くと、抗う美羽の手首に巻きつけていく。

「な、何よ、何するのよっ」

さすがに美羽も、恐怖に怯えた顔を見せ、必死に抗ってくる。

だが負けじと、強い力で美羽の両手首を身体の前でひとつにして、ベルトできつく拘束する。

「ああン……いやン……雄ちゃんが、こんなことするなんてっ……ああん、ほどいて。ほどかないと、許さないからぁっ」

美羽は真っ赤になって睨みつけてくる。

だが、いやがればいやがるほどに雄斗の血液は沸騰する。

縛られた幼なじみの若妻を目の前にして、いつの間にか獰猛な劣情が牙を剝いてしまっていた。

「美羽、僕、本気で美羽が欲しいんだ」

その言葉に、美羽は「え？」と驚いた顔を見せる。

「ゆ、雄ちゃん……そんなっ、だって……私たち、そんな……」

美羽はかぶりを振る。

雄斗がまさかこんなに乱暴にしてくるとは思わなくて、軽くショックを受けているようだった。

だが同時に、雄斗の告白にも戸惑っているようだ。

「なあ、一度。一度だけでいいんだ……」

落ち着かせようと雄斗が哀願する。

美羽は諦めたような顔をするも、しかし、

「わ、私なんて……抱いてもおもしろくないでしょう？　酔って女の人を抱きたくなったからって私なんか……」

「そんなことない。美羽は魅力的だよ」

本音だった。改めて美羽を見る。

乳房の白さが眩しかった。

両手を縛られた美羽は、その細身でグラマーな肢体をさらけ出して、なんとも悩殺的ではないか。

（エロいっ……人妻になった美羽が、こんなにエロかったなんて……）

投げ出された美羽の美脚も見た。

ミニスカートが乱れ、パンティストッキングに包まれた白いパンティがもろに露出してしまっている。

美羽はハッとして、縛られた両手でスカートの裾を引っ張り、下着を隠す。

そうはさせまいと雄斗は大きな身体で覆い被さり、美羽のパンストとパンティに手をかける。

「いやっ。いやよ。脱がさないで……」

美羽が泣きそうな目で哀願する。

それを無視して暴れる脚を押さえつけながら、ストッキングをすべて剝ぎ取り、パンティも一気に下ろしていく。

「ああんっ、バカッ、雄ちゃんのバカ、ヘンタイっ」

罵(ののし)りながらも、恥ずかしいところを見られたくないと、美羽は両脚をきつく閉じて防御する。

小柄な美羽ではどうにもならない。雄斗は美羽を押さえ込んで無理矢理に両足を開かせた。

（おおっ、ついに美羽のすべてが）

罪悪感はある。

それでも、もうその罪悪感すら快感に変わっていた。

「だめっ、見ちゃ、だめえええ」

美羽が首をしきりに振りながら、ベルトで拘束された手で恥部を隠そうとする。

だが手首を一括りにされている以上、隠しきれるものではない。

雄斗は両脚とともに美羽の両手も肘で押さえつけつつ、美羽の恥ずかしい部分を凝視した。

(こ、これが美羽の……おまんこ……)

若妻となった幼なじみの女性器は、思っていた以上にキレイだった。

深い肉溝の内側は、薄紅色のフリルで縁取られていた。

色形の美しさに鳥肌が立つほどに興奮した。

それだけではない。

肉厚のビラビラが、すでに濡れそぼっていることに雄斗は驚いた。

ぬらぬらした愛液がたっぷりとしたたり、ワレ目はもうぐしょぐしょだったのである。

(ウ、ウソだろ……僕に乱暴にされて、こんなに濡らしてたなんて)

生唾を飲み、美羽の顔を見た。

「違う、違うの……」

美羽は泣きながら、かぶりを振りたくっている。

「違わないよ。すごい濡れてる……美羽も、ホントは……」

「いやあ、違うのよ……お願いだから見ないで……」

美羽の声が弱々しくなっていた。

羞恥にまみれて、顔が赤くなっている。たっぷりと濡らしたことを恥じているようだ。

（もう……い、挿入れたい、美羽の中に……）

ガマンの限界だった。

これだけ濡れているとわかれば、どうにでもなると思った。

「み、美羽っ」

肉棒を握りしめ、ぬらぬらする切っ先を幼なじみの女陰に押し当てる。

クチュ……。

軽く触れただけで、淫靡な水音が立つ。

「ま、待ってて、ダメっ！　雄ちゃんっ」

拘束された両手で、雄斗の大きな胸板を押し返そうとする。

「わ、私っ……結婚してるってば。ねえ、私、人妻なのよ」

美羽のその言葉は、抗いなのだろうか？

《団地妻って寂しいのよ》

先ほどのバーでの、美羽の言葉が思い出される。

団地の人妻だから寂しいの。

本当はそう言いたいんじゃないのか？

「だめって言っても、もうこんなに濡らしてるじゃないかっ」

獣のような欲望に火がついていた。

ペニスの先を美羽の膣口に当てて、正常位で腰をググッと進めていく。

肉先が姫口を大きく押し広げ、蜜壺にめり込んだ。

「はあああっ、いやっ、いやああ！」

美羽の口から悲鳴が放たれる。

と、同時に白い喉が突き出され、スレンダーでグラマーな肢体が波打つようにそり返った。

（おおおっ、ぐじゅぐじゅだ……）

幼なじみの胎内に、いよいよ根元までペニスを突き刺した。

「あああッ！」

美羽はさらに大きく顎を突き出した。

挿入の衝撃を物語るように、ぱっちりした目が驚愕に見開かれている。

信じられなかった。

こんなことになるなんて、夢にも思わなかった。

あの美羽と……いつも遊んでいた幼なじみと、ペニスとおまんこを結合させて、ひとつになっているのだ。

(僕は、美羽を犯したんだ……)

すさまじい罪悪感がこみあげてくる。

幼なじみで妹のような存在だった美羽を、自分の身勝手で裏切った。

美羽の気持ちは、つらいものがあるだろう……。

だが、同時にだ。

身近にいた異性との交わりは、震えるほどの快感をもたらしてくれる。美羽の中には今、自分がいる。

幼なじみを自分のものにした興奮は、得も言われぬものだった。

「い、いやっ、雄ちゃんが私の中にいる……ひどいわ、こんな乱暴に……」

グスッ、グスッと泣きながら、美羽は拘束された両手で顔を覆った。

「ご、ごめんっ……でも……僕……ううっ」

軽く腰を動かしただけで、ヌルヌルとして温かな襞が押し包んでくる。腰がとろけてしまいそうな快楽に雄斗はうっとり酔いしれてしまう。

（くうう、気持ちいい……）

このままピストンしたら、すぐに果ててしまいそうだった。

もう美羽とは、どうにもならないだろう。

いっときの快楽と引き換えに、信頼を失ったのだ。

ならば、この一度だけ、美羽の身体をたっぷりと味わいたかった。

ひどいヤツだとは思うが、もう自暴自棄だ。

ゆっくりと腰を引いて押し込んだ。

「アアン、いやあっ……」

美羽がすすり泣いた。

だがそんな表情とは裏腹に、美羽の腰が揺れていた。

拘束された両手をつかんでバンザイさせ、乳房に指を食い込ませる。

マシュマロのような揉み心地にうっとりしながら、さらに前傾して、ちゅうちゅうと乳首を吸いあげる。

「あンッ……ダ、ダメッ……雄ちゃん、もうお願いっ……はあああんっ」

美羽の声はか細かった。

苦悶に満ちた表情をしながらも、乳首をいじられると、ついに口から喘ぎ声らしきものを漏らしはじめる。

「おお、美羽の腰も動いて……」

「あんっ、そんなことしてない。ああん……」

美羽は潤んだ瞳で壁の方を見ながら、必死にこらえているようだった。

せめて感じまいとしているところが、なんともいじらしかった。

だが、そんな切ない表情に、たまらない興奮が募っていく。

雄斗はゆっくりピストンする。

ねちゅ、ねちゅっ、ばすっ、ばすっ……。

「う、あううんっ」

美羽は戸惑った声を漏らした。

おそらく乱暴に犯されることを想像していたのだろう。

だが速く動かすと、果ててしまいそうだった。たっぷりと味わいたいから、必然的にスローペースのストロークになる。

「あ、あンッ」

ペニスを奥まで押し込むと、奥から花蜜があふれ出てきて、美羽の口からも甘い声が漏れた。

すぐさま美羽は両手を口に当てた。

はしたない声をこらえようとしている。

「み、美羽……いいんだぞ。声を出してっ。気持ちいいんだろ」

言うと、美羽はふるふると顔を横に振る。

だがそんな拒絶とは裏腹に、膣がキュウと締まってくる。雄斗の腰振りに合わせて、美羽の下腹部も妖しく波打ちはじめる。

(た、たまらないっ)

少しずつピッチをあげていくと、

「う、ううんっ……あああんっ」

いよいよこらえきれないといった感じで、美羽は腰を動かしていく。

泣いていた顔も、いつしか眉間に悩ましい縦ジワを刻み、ぽうっとセックスにとろけたような表情に変わっていく。

雄斗は、もっと感じさせたいと奥まで突いた。

ぶつかったのは子宮なのか、わからぬままに切っ先をさらに押し込むと、

「あ、ああんっ……い、いやあっ、も、もう動かないでっ」

懇願してくるも、美羽の腰の動きも止まらない。

「ウソだ。そっちこそ腰が動いてるぞ。いいんだろ。寂しかったんだろっ」

言葉で煽りつつ、いよいよ腰を激しく打ちつけた。

「ああンッ、ダメッ、ああんっ……こんなの、こんなの……アアン、雄ちゃん、雄ちゃんっ！」

もうどうにもならないようで、美羽がしがみついてきた。

全身が汗ばんで、いやらしい匂いを放っていた。

こちらももう汗まみれだ。ぬるぬるした身体をこすり合わせ、大きく開いた股の奥に、ペニスを何度も打ち込んでいく。

「いいんだろ、いいんだろ」

雄斗が唸るように言うと美羽は、

「ああんっ、いいわ、あなた、ごめんなさいっ、気持ちいいっ、雄ちゃんのおちんちん、気持ちいいっ、奥がいい、いいのっ」

ついに罪悪感よりも、快楽が勝ったようだった。

「美羽っ……くうう」

まだ終わりたくない。

雄斗は猛烈な勢いで、抜き差しし、カリ首と美羽の肉襞をしつこいほどにこすり合わせて悦びを甘受する。

「ああン、あんッ……雄ちゃんっ……雄ちゃんっ、私……私……」

美羽が真っ直ぐに見あげてきた。

おそらくイキそうなのだ。

もう抗うどころか、完全にこの快楽に翻弄(ほんろう)されている。

うれしかった。美羽をレイプした罪悪感が消えて、多幸感が尿道に宿っていく。

「くうう、美羽っ……出そうだ……」

射精の前の甘い陶酔で、全身が震えた。

「えっ？　ダ、ダメッ……ダメよっ、そんな」

美羽はハッとして抗うも、もう遅かった。

快楽にとろけてしまったようで、抵抗もおざなりだ。

(ごめん、美羽っ)

ひどい男だ。

だけど、もう止まらなかった。

「み、美羽っ……で、出るっ……ぐううっ！」

身体が強張った。

一気に精液が放たれ、頭の中が真っ白になる。

「はああっ、い、いやぁっ……雄ちゃんのっ……熱いっ、ああんっ……」

射精されて困惑した美羽だったが、膣はギュッと締めつけてきた。

美羽がまたしがみついてくる。今度は腰をガクン、ガクンと激しく痙攣させてきた。

（イッ、イッた？　美羽もイッたんだ……）

やがて射精が収まり、ペニスを引き抜いた。

美羽はハアハアと言いながら、宙を見つめていた。

「美羽……」

何か言わなければならない。

だけど、何を言えばいいのだろう。

「あ、あの……美羽っ……ンンッ」

いきなりキスされて、雄斗は目を白黒させる。

唇を離した美羽は、

「ひどいわ、雄ちゃん……」

と非難する。

だが、次の瞬間――。

また唇を重ねてきて、美羽から舌をからめてきた。

第六章　身も心も結ばれて

1

「ん？」

目覚めた時、ここがどこか一瞬わからなかった。

だが天井をぼうっと見て、すぐに思い出した。

美羽とセックスしたあとに、両手を拘束したベルトを外してやり、交互にシャワーを浴びて、それからすぐに寝てしまったのだった。

（昨日は……えらいことしちゃったな……）

頭が痛い。

どうやら二日酔いのようだった。

言い訳するのも男らしくないと思うが、やはり幼なじみの美羽を抱いたのは、酔った勢いが大きかった。

それに加えて、綾乃へのやるせない失望だ。

それで、無理矢理に美羽を抱いたのだが……。

（すまなかったけど、でも……かなり気持ちよかった……）

美羽はやはり可愛かった。

そして、スタイルもいいし、よがり声もたまらなく色っぽかった。幼なじみで妹みたいな存在というインモラルな要素もあった。

（でも、もうその関係も……終わりだよな）

最後にふたりで甘い口づけをしたものの、そのあとはふたりともが気まずいまにラブホテルのベッドで一夜を過ごした。

このまま男女の関係に発展するわけがない。

というよりも、美羽は旦那と別れるつもりがまるでないのだから、そもそもそんな関係を望んでもいないだろう。

もう友達にも戻れない。

男女の関係にもなれない。

とすれば、必然的に離れることになるのだろう。

まあ自業自得である。

(最低だ、僕……あーあ、どうしよう……)

今さらながら後悔が襲ってきた。

謝っても許してもらえないだろうが、せめて疎遠にはなりたくないなと、虫のいいことを考えていると、

(あれ？)

隣に美羽がいないのに気がついた。

トイレかと思っていると、布団の中から甘い女の匂いがした。どうやら残り香らしい。

と、思っていたのだが……。

「う……っ」

下腹部に甘い刺激が伝わってきて、雄斗は布団を剥いだ。

するとバスローブを身につけた美羽が、股の間にいて、雄斗のパンツを下ろして勃起をあやしていたのだった。

「おはよ。すごいのね。朝からこんなになってるなんて……」

美羽は人差し指と親指で輪をつくり、勃起の根元をつかんでゆるゆるとシゴいてきた。

「えっ、ちょっと……美羽……くっ……！」

しなやかな指でこすられると、朝勃ちしていた怒張から全身に快感が走り、腰を震わせてしまう。

「キャッ。ぬるぬるしてきたっ。雄ちゃんっ、いやらしい」

ガマン汁が鈴口からあふれ、美羽の手を汚していた。

しかしだ。

美羽は非難しつつもそれを嫌がることもなく、興味津々といった様子で、じっと雄斗の勃起を見ながら、シコシコを繰り返してくる。

(な、なんで？)

わけがわからなかった。

「美羽、どうして……」

訊くと、笑みを見せていた美羽は、急に怒った様子になってジロッと睨みつけてくる。

「怒ってるわよ。私、レイプされたのよ、雄ちゃんに……裏切られたのよ、わかる？　この気持ち」

「うっ、ほ、ホントにごめ……」

「謝らないでよ。でもね、思ったの」

美羽が勃起を握りながら、続ける。

「夫婦生活がうまくいってなくて、寂しかったのは確かだし……それに、何より
こんなラブホテルについてきたのも、私の落ち度だわ。その気にさせたってのも
あるし……」

「いや、まあ、その……」

確かにそうだと同意しようとしたら、また睨まれた。

何も言えなくなる。

「ひどいと思ったわよ。でもね……その……」

美羽は急に恥じらい顔になり、それを隠すようにまた手コキを再開する。

「くうう」

表皮がこすられる快感に、雄斗が呻く。

美羽はチラッと雄斗を見てから、また顔を伏せて、

「……でもね……その、気持ちよくて濡れちゃったのは間違いないから……」

「えっ」

雄斗が驚くと、美羽は照れ隠しのように肉竿をつかんで上向きにし、その裏側

に舌を這わせてきた。

「お、おい……くううう！」

美羽の真っ赤な舌が、ねろりねろりと性器を這っていた。

さらには信じられないことに、美羽は口唇をペニスに被せて、顔を前後に打ち振ってくる。

「み、美羽っ！　うわわわ」

（フェラチオ……み、美羽が……僕のを、咥えてるっ！）

しかも起き抜けのペニスだ。

匂いも汚れも、キツいに違いない。

それでも美羽は、チンチンを咥えている。

（ああ、そんな……）

あの美羽が、自分の股ぐらに顔を寄せて、ペニスを舐めてくれるだけで、夢心地だった。

それに加えて、唇がぷっくりと柔らかいので、唇で表皮をこすられると、ゾクゾクするほど震えがくる。

ひりつく快感が腰をとろけさせてきた。

脚がガくガくと震えてしまう。

「んふっ……」

美羽は見あげると、ちゅるっと勃起を吐き出した。

「誤解しないでね。もう二度と、昨日みたいなことしないんだから。やったら訴えるからね、わかった？　これは私の仕返しだから」

「な、なんだそりゃ……おおっ」

再び咥えられた。

柔らかい唇が表皮を優しく滑り、温かな口中に男性器が包まれていく。

「くうう」

（う、うまい……）

あの天真爛漫だった美羽が、男の性器をしゃぶっている。しかもすでに経験済みという感じで、咥え方も舐め方もよどみがなかった。

（人妻なんだな……旦那にもこんなこと……ああ、た、たまらない）

気持ちよすぎて、雄斗はベッドで仰向けになって天井を仰いだ。

ハアハアと息を荒らげながら、もたらされる快感に、うっとりと目をつむる。

（美羽に抜いてもらうなんて……）

快感に震えていた。

その時だった。

2

ベッドサイドにあった、スマホが震えた。

美羽のスマホは鞄の中にあるはずだから、自分のスマホだろう。

おしゃぶりをやめた美羽は、ふいに震えている雄斗のスマホを手に取った。

「お、おい……」

雄斗が奪い取ろうとすると、美羽はわざと遠ざける。

そして画面を見てから、美羽はウフフと笑ってスマホを渡してきた。

「ねえ、雄ちゃん。綾乃って、あの綾乃さん？　二コ上の先輩の……」

「え？」

表示窓を見れば綾乃の名前があった。

（ホントに綾乃さんだ。な、なんだろ、こんな朝早くから……それに今日は整骨院、休日なのに……）

戸惑っていると、

「やっぱりそうなんだ。ねえ、なんで綾乃さんがこんな朝早くから電話してくるの？　雄ちゃんって、綾乃さんとそんなに仲良かったっけ？」

美羽が目を細めてくる。

女のカン、というのは恐ろしいものだ。

答えに詰まっていると、

「電話、出ないと、ほら」

美羽が勃起を触りながら急かしてくる。

「え、あ……ああ……」

トイレでこっそり電話しようと、雄斗はベッドから下りようとする。

すると、美羽がギュッとペニスを握ってきた。

「どこに行くの？　ここで電話してよ」

「はあ？」

何を言っているんだと眉をひそめると、美羽はイタズラっぽい笑みを向けてきた。

「いいじゃない。私の前で綾乃さんと電話しても」

「な、なんでだよ。他の人に聞かれたくないことかもしれないだろ」

「へー、ふたりって、内緒話するくらい親密なんだ」

美羽がウフッと笑った。

しまった。

墓穴を掘ってしまった。

「な、なんでそんなこと気にするんだよ」

「なんでも。あー、私のことレイプしたくせに、言うこと聞いてくれないんだ。ふーん」

それを言われると、逆らえなくなる。

「ちゃんとスピーカーにするのよ」

「ええ？　そんな……」

「だーめ」

美羽が楽しそうに笑う。

もうしょうがない。

雄斗はラブホテルのベッドの上で裸のまま、通話をスピーカーで流す仕様にしてから電話に出る。

「も、もしもし……」

「雄斗くん？　ごめんね、朝早く」

「い、いえ、別に……」

ちらりと美羽を見る。

彼女は、上目遣いにこちらを見ながら、ペニスをこすってくる。

「ぐううう！」

まずい。声が出てしまった。

雄斗は咄嗟に奥歯を嚙みしめる。

「どうしたの？　雄斗くん、大丈夫？」

心配そうな綾乃の声が、電話から聞こえてくる。

「い、いえ、別に……それより、なんでしょうか？」

「昨夜のことよ。酔っ払って、私、迷惑かけたなあって」

「そんなことありませんよ」

「あるでしょ。途中で席を立つなんて……私がエッチなこととして、淫乱な女だって幻滅したんでしょ」

綾乃がとんでもないことを言い出した。

美羽は目を丸くしたが、すぐにニヤッとして、さらにペニスをシゴいてくる。

「くうう……そ、そんなことないですってば……ぐあっ」

「何？　どうしたの？　誰かいるの？」

綾乃が電話の向こうで訝しんだ声を出す。

（……美羽っ、ばかっ、やめろって）

美羽がまたおしゃぶりを再開したのだ。

雄斗はだめだと首を横に振る。

だが、美羽のタレ目がちの大きな双眸はうるうると潤みきっていて、綾乃と会話中であるにも拘わらず、情熱的に舐め上げてくる。

（くうう……や、やめろって、美羽。声が出ちゃうから……）

スマホを持つ手が震えている。

もう切ってしまおうと思った時だ。

「ねえ、雄斗くん。もしかして腰の痛みがひどいの？」

綾乃が心配そうに言う。

どうやら美羽のフェラで出た喘ぎ声を、腰の痛みによる呻き声と勘違いしてくれたらしい。

チャンスだった。

「そ、そうなんですよっ、すごく腰が痛くて、くうう」

また声が出た。

美羽が、敏感な鈴口を舌でねろねろと舐めてきたからだ。

雄斗は美羽を見つめて首を横に振るものの、彼女はウフフと楽しそうにしながらも、また咥え込んできた。

「んふ……んんっ……ンンッ……」

咥えるだけでなく、美羽は苦しげな鼻息を漏らしながらも、じゅるる……とヨダレをあふれさせた唇を表皮に滑らせてくる。

「なんかへんな音、してない？」

綾乃が電話口で言う。

美羽のおしゃぶりの音が聞こえてしまったようだ。

「い、いや、音なんて、いたたた……」

「だ、大丈夫？」

綾乃の心配をよそに、美羽は目にイタズラっぽい笑みを浮かべながらも、激しく顔を打ち振ってきた。

（くうう、こ、これ……美羽の復讐だ……綾乃さんとの会話中にイカせる気だ）

雄斗は慌てて、スマホの送話口を指で塞いだ。

「くぅ、うう……や、やばいって。もう出るから、ちょっとだけ待って。綾乃さんの電話を切ってから……頼むよっ」

美羽に哀願するも、彼女は咥えたまま首を横に振る。

（くうう……まずい……）

たまらなかった。

早くも尿道に欲望が溜まっていく。

射精しそうだった。

美羽はいったん肉棒から口を離し、

「早く電話続けて」

と指示してくる。

仕方なく送話口の指を離すと、綾乃が訊いてきた。

「ねえ雄斗くん。今日時間ある？　いつもは整骨院休みだけど、特別に今日は開いてるから、施術してあげる」

「えっ、じ、時間ならあります」

射精前の甘い陶酔で、とろける意識の中でもなんとか返事をする。

「じゃあ、夕方四時からでいい？」

「は、はい……くううっ」

雄斗は腰を浮かせた。

美羽の口の中で、勃起がパンパンにふくらんでいく。

もう一刻もガマンできなかった。

（くうう、出るっ）

慌てて美羽の口から勃起を抜こうとした。

だが……美羽は雄斗の腰をつかんで、さらに吸いあげるような激しいおしゃぶりをする。

「ぐうっ」

もう間に合わなかった。

雄斗は震えながら、切っ先から盛大に放出した。

「むふっ、んんっ、んんっ」

美羽は苦しそうにしながらも、肉竿から口を離さなかった。

（ああ……綾乃さんと電話しながら、美羽にフェラで抜かれてしまうなんて）

背徳感がこの上なく、雄斗は大量の精液を美羽の口に流し込んでしまう。

「どうしても痛みがガマンできなくなったら、早めに電話してね」

綾乃が優しく言う。

（ガ、ガマンできませんでした……射精……）

電話が切れた。

ようやく美羽は勃起を口から離し、喉を鳴らしながら、こくっ、こくっと精液を胃の中に流し込んでいく。

「お、おい……」

驚いた。

まさか飲んでくれるなんて思わなかったからだ。

美羽は「ング」と飲み込んでから、ハアと大きく息をついた。

「やあん、雄ちゃんの、すごい苦い……喉にひっついて……」

けほけほと、涙目で咳き込む美羽が愛らしかった。

「ぼ、僕のを飲んでくれるなんて……」

言うと、美羽はじろっと睨んできた。

「最後だから、雄ちゃんの飲んでみたかったの。もうしないよ」

「わ、わかってるよ」

　ごろんと横になると、美羽がぴったりと寄り添ってきた。

「ウフフ、綾乃さんと何かあったのね。そっか、私は綾乃さんの代わりだったワケだ」

　美羽が口を尖らせる。

「ち、違うよ。そんなことない。僕、美羽のこと……」

「いいわよ、もう。何も言わないで。まあ、それより頑張ってね。綾乃さんってさみしがり屋だからね」

　雄斗は「え？」と美羽を見た。

「なんで知ってる？」

「わかるわよ。私だって、綾乃さんとは付き合い長いもの」

　そうか、こんなところもつながっているのか。

　やはり身近なところで男女の関係になるのは差しさわりがある。

　雄斗は少し考えてから、口を開いた。

「なあ、その……女の人って寂しいとやっぱり、誰でもいいからヤリたくなるのかな……」

　訊くと、美羽は眉をひそめる。

「失礼ねえ。男なんか、寂しくなくてもヤリたくなるんでしょ」

藪蛇な質問だった。

ばつが悪い顔をすると、美羽が笑う。

「そうねえ。したくなる時あるかも。でも誰でもいいってわけじゃないわよ。なあに、綾乃さんのこと訊いてるの?」

さすがにカンが鋭い。

「まあな」

「綾乃さんから、何かエッチなことされて、驚いてるってこと? 男なら誰でもいいんじゃないかって」

「正解っ。よくわかったな」

「わかるわよ。だって綾乃さん、雄ちゃんのこと好きだったんだもの」

「は?」

雄斗が素(す)っ頓狂(とんきょう)な声を出す。

美羽がクスクス笑った。

3

（好きだったなんて、ばかなこと……）

美羽の言ったことを馬鹿馬鹿しいと思いつつ、雄斗は約束の時間に、整骨院のドアのところに行く。

（あれ？）

見れば、定休日の札がかかっている。

今日はやっているって綾乃は言っていたはずだ。

ガラス戸の内側はカーテンで遮(さえぎ)られていたが、カーテンの隙間から中を覗いてみると、いつもの白衣を着たポニーテールの綾乃が見えた。

綾乃はこちらに気づくと、ニコッと微笑んで、ドアを開けてくれた。

中に入ると、綾乃はまたカーテンを閉めてしまう。

「あれ？　今日は臨時でやってるんじゃ……」

訊くと綾乃は、

「ううん。今日は休みよ。お父さんも競馬に行ってるし……でも雄斗くんが痛そうな声出してたから、特別に開けたのよ」

「えっ、それはすみません」

あの声は、フェラされた時の苦悶の声である。

咄嗟に腰が痛いとウソをついたわけだが、こうしてわざわざ休みの日に整骨院まで開けてもらったとなると罪の意識は大きい。

心の中で詫びつつ、施術台に向かう。

うつぶせになるように言われて、いつものように腰を揉まれた。

「昨日はごめんね、酔っ払って……」

腰を押してくれながら、綾乃が謝ってきた。

「い、いえ……」

思い出して、顔が熱くなってきた。

人前だというのに、綾乃のスカートの奥はしっとり濡れていて、しかも雄斗の指を誘ってきたのだった。

「ねえ、雄斗くん、あ、あれはね……」

綾乃はそこまで言ってから、逡巡して、また続けた。

「私、やっぱり寂しかったの。旦那と別れてね。でも旦那はそれでもまだ、私のことを好きだって言って……その……」

綾乃は言葉を切る。

しかし、雄斗には、なんとなく言いたいことがわかった。

自分が浮気しておきながら、綾乃をまた抱こうとちょっかいを出してくる最低な男だ。

だけど、綾乃も拒(こば)みきれないところがある。

「ぼ、僕っ」

思い切って、くるりと仰向けになった。

綾乃と対峙(たいじ)する。

「僕っ……綾乃さんのこと憧れてて……でも、ずっと高嶺の花だってわかってたから、遠くから眺めるだけで満足してて……中学とか高校の時は、近寄るのも憚(はばか)られたくらい眩しくて……」

「そんな、私なんて……」

綾乃が恥ずかしそうに顔を振る。

「いえ、ホントなんです。だから……あの、正直言ってショックでした。そばにいる男なら、誰でもよかったなんて……」

想いを吐露すると、綾乃が「えっ？」と驚いた。

「ちょっと待って。私が誰でもって……」

綾乃が狼狽えている。

雄斗は思い切って、伝えた。

「僕なんかを……その、誘惑するなんて。誰でもよかったんでしょう」

「誤解よ。あれは、私……雄斗くんだから。私、雄斗くんの……覚えてないかしら？　子どもの頃、あなたが転んだか何かして、泣いていて」

「え？」

ふいに記憶が交錯する。

（もしかして……）

子どもの頃、泣いていた自分を慰めてくれたのは、美那子だけではなかったような気がしてきた。

慰められたシーンは二度あった。

美那子と、それよりずっと前に……。

（ああ、そうだ）

記憶がつながった。

綾乃だ。

まだお互いに幼かった頃のこと。

綾乃が慰めてくれて、

「泣き虫じゃない雄斗くんが好きだから、泣きやんで」

確かそのようなことを言って、頬にキスしてくれたのだ。

そうか。キスしてくれたのは美那子ではない。

綾乃だった。

それでつながった。

（……そうか、あの声は綾乃さんだったんだ）

ハッとして綾乃を見た。

「なんとなく思い出した……そうか、僕、綾乃さんに好きって言われたんだ。でも、それは子どもの頃の話で……」

「そうね。そうかも……でもね、ずっと記憶の中にはあったのよ。でも、雄斗くんは柔道でどんどん有名になっていって、声かけづらくなっちゃったし……」

ええっ、と驚いた。

「そんな……僕の方こそ、綾乃さんなんて、中学も高校も相当モテてたって訊いてたから、近寄ることもできなくて」

綾乃をまじまじと見た。

（男なら誰でもよかったんじゃない。綾乃さんは僕だからあんなことを……）

気持ちが高揚する。

たかが団地の八百屋の息子だが、それでも、こんな美女と気持ちが通じ合えるんだと思うと、身体が震える。

「そうなのね……じゃあ改めて言うわ。好きよ」

告白された。昨日のこと。いよいよこの世の春が来たのだ。

「だからね、昨日のこと。ほら、全部の注文をインターネットでやるって話。商店街の未来がかかってるんだから頑張って」

「えー、重いなあ」

ふたりで笑い合う。

「でも、頑張ります。なんとか……この団地のために……」

「うん」

両手が伸びてきて、ギュッと抱きしめられる。

こちらも背中に手をまわす。

柔らかな身体だった。細くて女性らしい身体だ。それでいて、白衣越しの胸のふくらみはすごい。

「あ、綾乃さん……」

名を呼ぶと、潤んだ瞳で見下ろされた。

そしてゆっくり睫毛を伏せた。

キスを待つ仕草だ。

そのキス待ち顔が、ドキッとするほど艶めかしかった。

（綾乃さん……）

積極的に綾乃の唇を奪う。

「ンンッ……ンフッ……」

甘い鼻声を漏らし、彼女も情熱的に唇を重ねてくる。

（や、柔らかい……）

綾乃とキスをしている。夢心地だった。

雄斗は身体を熱くしながら、さらにギュッと綾乃の身体を抱きしめて、舌を伸ばして彼女の口腔内をまさぐった。

「ンッ……ンッ……」

彼女も待ちかねたように、舌をからめてくる。

ねちゃ、ねちゃ、と唾液がからまる音を響かせて、長年の想いの丈をぶつける
ように ねちっこく、綾乃の口の中を舐めまわしていく。

今すぐひとつになりたかった。

ここは、整骨院で狭い施術台の上である。

だけどもう一刻も待てなくて、唾液がからみつくほどの熱いディープキスをほどいた雄斗は、身体を入れ替えて綾乃を施術台に押し倒した。

「あ、綾乃さん……僕……もうガマンできなくて」

ハアハアと鼻息荒く訴える。

綾乃にも伝わったのだろう。彼女は恥ずかしそうに小さく頷いた。

(い、いいんだ……ここでしてもいいんだ)

雄斗は震える手で、綾乃の白衣のボタンを外していく。

すると、綾乃も手を伸ばして雄斗のトレーナーをたくしあげてくる。

服を脱がせ合うという行為が、セックスへの高揚感をますます煽ってくる。

綾乃も欲しがっている。

そう思うとさらに興奮が増していく。

雄斗はバンザイして、トレーナーとTシャツを脱ぎ、上半身裸になって綾乃の

白衣もするりと脱がし、白いズボンも引き下ろしていく。

（くううっ……綾乃さんのスタイルって、こんなにすごかったんだ……）

アイボリーのブラジャーとパンティだけになった綾乃の肢体が、あまりにも美し過ぎて見惚(みと)れてしまう。

透き通るような白い肌に、柔らかそうな肉づきのよさ。細身なのにグラマーという男の夢がすべてつまったようなセクシーな身体だった。

巨大な胸のふくらみと、細腰から一気に広がるムチッとした太もも。

しかも、内ももをぴったり閉じて、もじもじとすり合わせている仕草が、男の征服欲をこれでもかと煽ってくる。

「やだっ……雄斗くんも脱いでよ」

目の下を朱く染めた綾乃が、恥ずかしそうにしながらも、雄斗のベルトを外してくる。

さらにズボンをズラされ、こちらもパンツ一枚の格好になった。

下着の中心が大きく盛りあがっている。

しかし、恥ずかしくはなかった。

これほどまでに綾乃を欲しているのだと誇示すると、彼女も清楚な美貌を赤らめて、ちらりと見て瞳を潤ませていく。

お互い下着姿になり、再び抱き合って舌をからませキスをする。

(ああ、綾乃さんと抱き合ってる……)

夢のようだった。

綾乃のすべすべする肌と密着するだけで、気持ちよくて射精してしまいそうになる。

それをガマンしつつ、ねちゃ、ねちゃ、と湿った音を診療所に響かせながら、甘い唾液をすすり合い、こくりと飲み込み、こちらからも注ぎ込む。

「んふっ」

嫌がらなかった。それどころか、唾を飲んでくれている。

(ああ、綾乃さんの全部が見たい)

雄斗はいよいよ綾乃の背中に手をまわし、ブラジャーのホックを外した。

「あんっ……」

ブラがくたっと緩み、綾乃の恥辱の声がこぼれる。

カップを持ちあげれば、張りのある豊かな乳房がまろび出た。

(おおっ!)

ツンと頂点が上向いた美乳だった。

大きさもさることながら、仰向けでもまったく崩れない釣り鐘形の悩ましいふくらみと、薄ピンクの小さな乳首が、息を呑むほど美しかった。

そして乳頭は触れてもいないのに屹立しており、綾乃の欲情の深さが垣間見えた。

「キ、キレイですっ……」

雄斗が声を漏らすと、綾乃は恥じらい、

「やだ……」

と、両手をクロスさせて乳房を隠そうとする。

その恥じらい方が可愛らしかった。

とても二十七歳で、バツイチの女性には見えない初々しさだ。

雄斗は興奮しきって、その手を外させ、綾乃の乳房にむしゃぶりつく。

「あっ……あっ……」

すぐに綾乃はうわずった声を漏らし、身をよじる。

身悶えすればポニーテールの茶髪が揺れて、甘いリンスのような匂いが鼻先をくすぐる。

「いい匂いだ。綾乃さんって……」

うわごとのように言いながら、雄斗は舌で綾乃の乳首やデコルテを舐めまくる。

全身を舐め尽くしたかった。

自分のものだという証を刻むように、綾乃のすべてを舐めたかった。

「ああんっ……ああっ、あうんっ……そ、そんなとこまで、はああんっ、くすぐったいよぉ……ゆ、雄斗くんっ……はああっ」

肩をすくめつつも、感じているようだった。

雄斗はじっくりと素肌に舌を這わせ、さらに揺れ弾むおっぱいを、いやらしく揉みしだく。

「あぁぁ……！」

綾乃が大きく喘いだ。

目の下が桜色に染まっている。

眉間につらそうにシワを刻み、ハアハアと息が荒くなっている。

たまらなくなって、おっぱいをさらに執拗（しつよう）に揉みしだき、小さくて硬くなった突起を指でくにくにと愛撫する。

さらにピンクの乳首に唇を押しつけ、ちゅるっと吸えば、

「ううっ……んぅぅ……」

と、ついに綾乃は顔をのけぞらせて、腰を揺らしてきた。

(欲しがってる……綾乃さん……)

ますます興奮し、雄斗はついにパンティに手をかけて、丸めながら脱がせていく。

「やんっ……」

綾乃が口元に手をやり、顔をそむける。

その恥ずかしがっている表情を眺めつつ、ドキドキしながら脚を開かせた。

(これが、綾乃さんの……お、おまんこか……！)

ついに憧れの人の恥ずかしい部分を見た。

女性器は小ぶりだが、肉ビラは縮れがなくてキレイだった。内側は薄桃色の粘膜が清らかな色艶を発していた。

しかもだ。

すでにぬるぬると、ぬかるんでいた。指を這わせれば、ねとっ、としたものが指先にからみついてきて、

「くぅぅ……」

と、綾乃はくぐもった声を漏らす。

震えている綾乃の股間を見ていると、肉土手の右側に、小さなほくろがあるのに気がついた。

(あっ、綾乃さんって、こんなところにほくろがあるんだ……)

そう思うと、嫉妬の気持ちも湧いてくるのだが、もう他の誰にも見せたくないという独占欲も湧いてくる。

そのほくろに舌を這わせると、

「あっ！　い、いやっ……」

鼠径部は感じるようで、綾乃が脚をばたつかせる。

その脚を押さえつけながら、いよいよ恥部にも舌を走らせた。

「くううっ……あンッ、そ、そんなとこ……舐めるなんてっ、ううんっ」

綾乃は赤ら顔でいやいやしながらも、悩ましい声を漏らしていく。

(可愛い声っ……)

ますます興奮しつつ、舌先でワレ目の粘膜をねろねろと舐めまわすと、

「あっ、アアン、はぁっ……ああんっ……」

綾乃の喘ぎ声はますます色を帯びてきて、内側をしっとり濡らしはじめる。もっと舌を動かせば、ワレ目に甘酸っぱい液がにじんでくる。

さらに舌先をすぼめて膣口に押し込むと、花蜜がこぷっとあふれ出てきて、発情した牝の匂いが漂ってくる。

「はあんっ……だめっ……ああんっ……」

「か、感じますか？」

舐めながら上目遣いに見つめれば、

「はああんっ、か、感じるっ……ああんっ、雄斗くんっ、はああんっ」

綾乃はうつろな目で、ハアハアと息を荒らげていた。

「いいんですね、これ」

膣粘膜をしゃぶりながら、さらに訊けば、

「ひっ、いいっ……ああんっ、聞かないで、いじわるっ……いいわ、いい……」

綾乃は震えながら、こちらを見た。

（せ、成長したな、僕……）

まさか自分からこんなに積極的に責めて、しかも言葉で煽ることができるとは思わなかった。

団地妻たちとの逢瀬が経験となり、男としての自信を植えつけてもらえたのだ。

さらにクリトリスを指でいじくれば、

「あううぅんっ……だめっ、もうっ、もう……」

綾乃が腕をギュッとつかんできて、泣きそうな表情を見せた。

欲しがっている。

もうこちらも限界だった。

4

「綾乃さん……綾乃さんと、ひとつになりたい」

思いを伝えると、綾乃は泣き濡れた瞳で小さく頷いた。

雄斗はパンツを脱いで、綾乃の脚をしっかりとM字に広げさせる。

そしてペニスを持ち、ぬるぬるしたぬかるみを探りつつ、狭い穴を見つけて、

グッと切っ先を押し込んだ。

「ああ……くぅぅぅ」

綾乃がつらそうに喘いで、大きくのけぞった。

「い、痛いですか？」

訊くと、綾乃はギュッと目をつむりながらも首を横に振る。

（狭いな、けっこうつらいだろうな……）

入れながら綾乃を見ると、ハアハアと喘いでいた。

感じてくれていることは間違いない。

雄斗は一気に腰を押し込むと、ぬぷーっ、とペニスが一気に根元近くまで嵌まり込んでいき、

「あああああ！」

綾乃がクンッ、と顔を跳ねあげた。

膣が驚いたように、ギュッと締まる。それは意識的ではなく、反射的にそうなったようだ。

（ああ……とうとう、あの綾乃さんとひとつに……セックスしてるんだ）

感極まって、どうにかなりそうだった。

しかもだ。

ぬかるみはやけに温かく、そしてウネウネと蠢いていた。

最高のおまんこだった。

すぐに射精してしまいそうになるのをこらえ、上体を少し立て、角度を変えて奥まで深く突き入れる。

すると、

「くぅぅ……あああんっ」

綾乃が色っぽい吐息をこぼし、潤んだ双眸で見つめてくる。

たまらなかった。

もうどうにも、自分をコントロールできなくなった。

雄斗は綾乃のおっぱいを揉みしだきながら、猛烈に腰を前後させ、激しい抜き差しを開始する。

「ああっ、あああんっ……い、いきなりっ……アアンッ！」

綾乃は揺さぶられながら、落ちないようにギュッと施術台の端をつかんで悩ましく喘ぐ。

「気持ちいいっ、綾乃さんっ……」

ハアハアと喘ぎながら見れば、綾乃の汗まみれになった美貌が、うっすらと笑みを漏らして見つめ返してくる。

「わ、私も……アアンッ……き、気持ちいいわっ……」

言いながら、膣奥がギュッと閉じられて腰が動き、中の男根を揺さぶってくる。

「くうう、そ、その動きっ……」

いきなり射精しそうになり、雄斗はピストンをやめ、正常位のまま前傾して綾乃の裸体をギュッと抱きしめる。

「あんっ、雄斗くん……」

綾乃が、か細い声を漏らした。

見ると、目尻に熱い涙を浮かべている。

「う、うれしいのよ……わ、私……すごく、温かくて……こうしていると、安心する」

「僕も、僕もですっ。ずっとこうなりたかった」

どちらからともなく、抱きしめながらキスを交わす。

「ンンッ……んふぅ……んんぅ……」

鼻奥で悶えながら、もうガマンしきれないとばかりに、綾乃の方から舌をからめてきた。

いよいよ綾乃が、欲情を隠さなくなってきた。

腰の動きも激しくなってくる。

とてもじゃないが、こちらも動かしていないと、射精してしまいそうだ。雄斗は、ねちゃ、ねちゃ、と唾をからませながら、グイグイと奥に突き入れる。

「くぅぅ……あぁんっ、あぁっ……いい、奥まで、奥まで来てるっ、あぁんっ、だめっ、あぁんっ」

もうキスもできなくなった様子で、綾乃が興奮気味に声をあげた。

がむしゃらに突き入れる。

パンッ、パンッ、と、打擲音を響かせて、正常位のままに、したたかに打ち込めば、ぐちゅ、ぐちゅ、と結合部は水音がするほどに愛液があふれてきた。

「くおお……」

さらに渾身の力を込めて屹立を叩き込めば、

「はあっ、はあぁあんっ……私、私、もう……もう……あぁんっ、イクッ……ねえ、雄斗くんっ、私、イッちゃう！」

綾乃が歪(ゆが)んだ美貌を見せてきて、高らかに叫んだ。

（ま、まずい……）

腰がうねって、膣が締まる。

こちらも射精しそうだ。

「くうっ……ぼ、僕も……イキそうですっ」

見つめながら言えば、綾乃が泣き顔で頷いた。

「いいのっ、雄斗くんの……ちょうだいっ、お願いっ……」

綾乃の言葉が引き金となった。

雄斗はもう何も考えずに、必死に性器をこすり合わせる。コリッとした子宮を突きあげた時だった。

「あん……ああんっ、イクッ……イクッ……イッちゃうっ、雄斗くんっ、雄斗くん、私っ、だめっ……ゃぁぁぁああぁッ！」

綾乃が腕の中でそり返っていく。

獣じみた悲鳴をあげて全身を硬直させ、やがて次の瞬間、ビクンッ、ビクンッと大きく跳ねあがった。

同時に膣がギュウウウと締まる。

もう、こらえきれなかった。

「ぐぅぅ……で、出るッ……」

思いが爆発したように、精液が尿道から熱く迸った。

痺れるような快感が全身を駆け抜け、目の奥で火花がパチッと散った。

「くううう！」

気持ちよすぎて思わず唸る。

綾乃をギュッと抱きしめると、彼女は愛おしいものを撫でつけるように、雄斗の髪の毛を手でくしゃくしゃにしながら、汗ばんだ顔で微笑んだ。

「雄斗くん……」

「あ、綾乃さん」

見つめ合い、とろけ合うようなキスをする。

これ以上の至福があるだろうか。

雄斗は愛しい女性を抱きしめつつ、夢でないことを自覚する。

団地の中の小さな整骨院で、雄斗はひたすらに幸せを噛みしめるのだった。

エピローグ

「あれ？　テレビの取材はもう終わったのかい？」

雄斗が実家の八百屋で働いていると、自治会長の佐々木がやってきた。

「朝一の風景だけ撮って、帰っちゃったわよ、おじさん」

隣にいた綾乃がそう返すと、佐々木は「えー！　せっかく床屋に行ってきたってのになあ」と、残念そうに店から出ていった。

「ねえ、雄斗くん。見た、今のおじさん」

綾乃が楽しそうに言う。

「見たよ。あんなにおしゃれしてきたのに、可哀想だなあ」

雄斗も笑う。

（いやあ、それにしてもここまできたか……よかったなあ……）

八百屋の前の通りの人だかりを見て、雄斗は目を細める。

言われてすぐに商店街のホームページをつくり、ネット注文を一手に雄斗が引き受けるようになると、ほどなくして団地外からも注文が入るようになった。

となると、雄斗ひとりでは配達できないので、友人たちに手伝ってもらい、軽自動車で配達するようにした。

さらにはその友人の知り合いが「店をやりたい」と、シャッターの閉まった店舗で喫茶店をはじめたら、続々と出店希望者が現れて、今では六店が新規で開業をしている。

そして綾乃の発案で朝市をはじめてみると、団地の外からも多くの客が訪れて、話題になってきた。

今朝のテレビ局も「シャッター商店街、奇跡の再生」という番組をつくりたいということで取材に来たのだ。

三年かかったが、なんとか商店街を守ることはできたようだ。

隣で接客中の美しい伴侶を見て、雄斗は心が温かくなった。

(綾乃のおかげだよなあ……)

二年前に結婚し、ふたりは団地で新しい部屋を借りた。

そして綾乃は雄斗の家の八百屋をヘルプしながら、実家が営む整骨院も手伝うという奮闘ぶりで、毎日忙しく立ち働いている。

「なあに？」

綾乃がこちらを見て微笑んだ。

「い、いや、なんでもないよ……いらっしゃいませっ」

雄斗がレジに立ち、会計をする。すると、小銭をカウンターの下に落としてしまった。

綾乃がしゃがんで拾ってくれたその時だ。

（え？）

カウンターの下で外の客から見えないのをいいことに、綾乃が雄斗のズボンのベルトを外しはじめたから驚いた。

「な、何を、何をしてるんだよ……」

小声で言うと綾乃は、

「ウフフ。この前のお返しよ。やめてって言ったのに、レジで私にエッチなことして……楽しんだくせに……」

ああ、と思った。

三日前のことだ。珍しくミニスカートを穿いていた綾乃のお尻に欲情し、お客さんがいるのに、あろうことか綾乃を手マンしてイカせてしまったのだ。

どうやらそのことを根に持っていたらしい。

綾乃は妖艶な目をこちらに向けると、しゃがんだまま、雄斗のズボンとパンツも下ろしてしまう。

（ええっ？）

ぶるんっ、とペニスが飛び出した。

雄斗はズボンを穿こうとするが、お客さんが店の中にたくさんいるので、へんな動きは見せられなかった。

（こんなのやばいよ……くうう！）

雄斗はカウンターに手を突き、ぶるると震えた。

綾乃が躊躇なく、肉竿を咥えてきたからだ。

「ううん……ううん」

綾乃がおしゃぶりに没頭している。気持ちよくて、雄斗は目を細めた。

ウチの団地妻は器量よしで、アイディアもあって頭もよくて清楚で……それでいて、こんなにスケベなんだから最高だ。

※この作品は双葉文庫のために書き下ろされたもので、完全なフィクションです。

双葉文庫

さ-46-05

突撃！ 隣りの団地妻

2021年12月19日 第1刷発行

【著者】
桜井真琴

【発行者】
箕浦克史
【発行所】
株式会社双葉社
〒162-8540 東京都新宿区東五軒町3番28号
［電話］03-5261-4818(営業部) 03-5261-4833(編集部)
www.futabasha.co.jp(双葉社の書籍・コミックが買えます)
【印刷所】
中央精版印刷株式会社
【製本所】
中央精版印刷株式会社

【フォーマット・デザイン】
日下潤一

ISBN978-4-575-52527-4 C0193
Printed in Japan

突撃！ 隣りの団地妻

桜井真琴

双葉文庫

双葉文庫